近代都市文化の成熟　－30年代－

30年代上海繁華街の出版社、新聞社（36ページ）

現代派の詩人戴望舒（49ページ）

フランスの詩人ボードレールの代表作『悪の華』中文訳の表紙（48ページ）

『雷雨』の舞台撮影（52ページ）

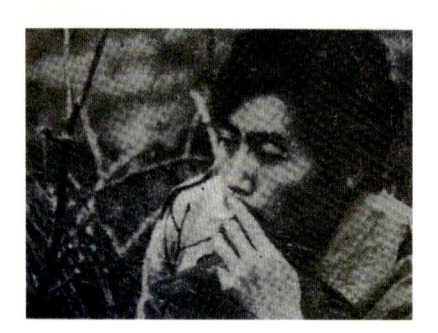

文学の再生と多元化　－80年代から90年代へ－

新思潮の詩人北島（101ページ）

「第五世代監督」の代表陳凱歌が阿城の小説を映画化した『孩子王』の一場面（105ページ）

ポスト新思潮群の詩集（114ページ）

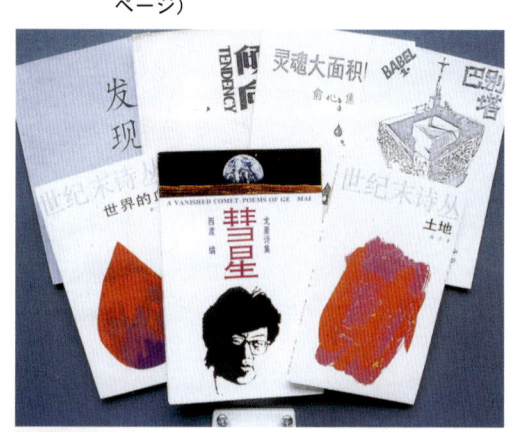

蘇童の小説『妻妾成群』を改編した映画『大紅燈籠高高挂』の一場面（111ページ）

新世紀の中国文学
モダンからポストモダンへ

銭理群・呉暁東　著

趙京華・桑島由美子・葛谷登　訳

白帝社

歴史的転換期における詩人の想像力
― 銭理群の中国新文学研究 ―

趙　京華

　この文学史著作の著者である銭理群先生は、私が長年にわたり尊敬し続けてきた先鋭の師である。出版に際し、私はごく個人的な経験に基づいて、80年代以来の中国文学研究の歴史的転換と、詩人的気質を持つ銭理群が担った貢献を回顧するとともに、その文学史叙述の歴史的特性を管見しつつ、このテキストの背景について述べ、日本の読者の参考に供したい。周知のように、20世紀の70年代末「四人組」が打倒され、中国は全面的改革開放の新時期に突入する。思想解放の潮流は文化学術上の大変革をもたらし、毛沢東の社会主義時期「継続革命」理論を核として構築された思想学術上の枠組みに対し、遍く懐疑の目が向けられた。文学の領域では、李沢厚の「文化審美心理」の提唱と呼応して、劉再復が「文学主体性」概念を打ち出した。それは硬直化したマルクス主義革命文学理論の束縛を解き、個人の主体性と文学の自由な創造精神を強調していた。そして中国近現代文学研究の領域における大転換の到来は1985年前後の北京大学がその舞台となった。その年、黄子平、銭理群、陳平原は雑誌『読書』に対談「二十世紀中国文学三人談」を発表し、学術界にニューウエーブの旋風を巻き起こした。当時この文化潮流から遠く離れた吉林大学で研究生活を送っていた私でさえ少なからぬ衝撃を受けたのである。その衝撃とは、彼らが中国革命史を軸とするイデオロギー的革命文学史観を脱構築し、五四運動を起点とする新文学運動と、近代文学、当代文学とを連繋させ、1898年の「戊戌の変法」を歴史的起点とした「二十世紀中国文学」という斬新な歴史区分概念を打ち建てたことにある。

　今日、このような文学史観は常識となっているが、当時は未だ既成の政治的歴史概念を改変し、新時代における近現代文学研究の発展を切り開く途上にあって、彼らの影響力は絶大であった。この観念の提唱は革命文学史観によって捨象された多くの作家、文学作品を文学史の視野に呼び戻したばかりでなく、それまで支配的であったイデオロギー的研究方法に疑義を呈し、文

学研究多元化の時代を招来した。「二十世紀文学」概念の背景として、もうひとつ指摘しておかなければならないのは、そのマクロな文化的視野である。すなわち、現代中国を世界史近代に位置づけ、中国文学と世界文化との関係を研究の焦点としたことにある。周知のようにこのような文化的視野は、アメリカの60年代に溯り、その「近代化」理論の踏襲、とりわけ西欧の近代性が世界に拡散することによって生ずる「衝撃―反応」モデルの影響が大きい。銭理群ら三人は敢えて明言しないが、「二十世紀中国文学」は決して中国現代史における内部変動に踏みとどまるものでなく、民族的な国民文学史研究の視野に「外部」を導入しつつ「東西文化の衝突と合流」という画期的な概念が形成されたのである。

　このように一新された文学史観と研究方法論が確立されて以来、銭理群先生（以下敬称を略す）は専門研究においても成果を世に問い、魯迅研究の専著『心霊的探尋』、『周作人伝』『周作人論』などが80年代末から、90年代初めにかけて、相継いで出版された。今もなお記憶に鮮明なのは、彼が『心霊的探尋』において魯迅の「歴史中間物」意識を掌握して『野草』テクストに独自の分析を加え、魯迅の心霊奥深くに潜入して、社会的過渡期に生きる魯迅の歴史と現実、個人と民族の狭間で揺れ動く複雑な心理構造を呈示したことで、これは当時の研究を志す若い世代にどれほど、はかりしれない感動を与えたことだろうか。当時、銭理群は北京大学で「魯迅研究」を開講していたが、聴講する学生が教場から溢れ、学生たちから最も熱烈な支持を得ていた。顧みれば、この時期はまた中国が歴史的大転換を迎える1989年前後に当たっている。銭理群の学術研究において、その個人的気質と、研究対象、当時の時代精神とが、完全な融和の境地に達する時期とも言える。そして90年代半ばに出版された本著『新世紀の文学』は疑い無く、この斬新かつ傑出した研究的基礎の上に完成されたのである。

　ところで、銭理群における文学研究の特徴と、文学史叙述の方法はいかなるものだろうか。銭理群は中国が改革開放時期に入って最初に北京大学に進学し、王瑶先生の門下生となった人である。私自身は銭理群の同門ではなく、彼の学友でも、また学生でもなく、世代も異なるため、その学問的方法論について論じるのは些か僭越であるかと思う。しかし私は大学院に進学し、中国近現代文学研究に志して以来、周作人に研究の方向を定めたため、当時中

国の学界全体に影響を及ぼしていた銭理群の魯迅・周作人に関する比較研究、特に周作人論から啓発を受け、自ずと彼を心中、最も敬服する師、学問上の道標と意識してきた。そこで私個人の経験から彼の学術方法についての印象を語ってみることにも、また些かなりとも意義があることを願う。思い起こせば、最初に彼と出会ったのは1986年に開催された「魯迅逝世50周年的学術討論会」の席上だった。その後私は大学院を修了し、北京の某大学で教職に就くこととなったが、中国現代文学の講義では、教科書として銭理群らによる当時最新の『中国代文学三十年』を選び、また在京での研究生活で自然に交流の機会は増えていった。

　そして最も印象深い交談と言えば、わたしが日本に留学して一橋大学の博士課程に進学した1991年のことになる。その年の春、桜の咲き誇る日だったろうか、銭理群ははじめて日本の大学を訪問した。学術討論会を終えて、私たち一橋大学の一行は雪解けの緑の衣を纏った美しい日本アルプスを眺めようと、松永正義教授の車で信州大学へと向かった。車中、彼は人生の曲折（革命と戦争が家族にもたらした災禍）、北京に来てからの学問研究（なぜ魯迅、周作人研究を選んだが、王瑶先生の学術方法の継承、自己の文学史叙述の風格と形成など）について語った。語りながらやや興奮してくると、満面に生気が漲り、その風貌はまるで少年のような印象を与えた。しかし話が一段落し、語り疲れると、彼はしばし沈黙し、その時には何か独り夢想の世界に浸っているように、周囲までが静寂に包まれた。その日は松本の温泉宿に泊まり、翌日は雪解けから、新緑へと衣替えする信州アルプスに登った。雄壮な群山峻嶺を望むと彼の表情はにわかに明るくなり、堰を切ったように青年のころ、中国の西北辺境、貴州での下放経験について語り始めた。一人で山の頂きに羊を追い、自然の手招きに身を委ねて、衣服を脱ぎ岩に仰向けになり、天籟に耳を傾けるとき、詩人である彼の高遠な理想、着想は無限に解き放たれる……。この旅の語らいの中で、彼は夙に思弁的な学者として知られているが、同時にまた、しばし苦難に磨かれてきた天性の詩人なのだ、と感じるようになった。

　銭理群の学問の風格と、文学史叙述の方法について言及するとき、上述のような親交もまた理解の糸口を提示してくれる。一言で括るならば、彼は詩人的素質を持つ学者なのである。詩の想像力に拠って彼の文学史研究と作家

論は、歴史に深く潜入し、作家の魂に寄り添い、歴史や人物の視野と、融合し絡み合う対話の境地に達し得る。よって、彼の全ての学術著作はその学理思弁の上に、逆巻く奔流のような、奔放な激情を感じさせる。ではこのような激情はどこから来るのだろうか？恐らく現実の中国に対する深い関心、自分を育んだ郷土と民衆への暖い感情、また革命と解放への切なる思い等々から来るものだろう。その学術の根底にある、このような民族国家と複雑に絡み合った激情が彼の文学史叙述を、硬直化した革命イデオロギーの枠組みから脱却させたとは言え、それが依然として新しい民族国家の「宏大な叙事」（grand narrative）の一部分であることは否めず、甚だしきは、時に学術研究の中に、無意識のうちに倫理価値的な判断、色彩が持ち込まれる。このことは、「近代性」という視角に対する今日的反省から言えることである。いずれにせよこの文学史の著作は、中国が大衆消費社会に突入する以前に書かれたのであるから、このような視角から叙述方法を批判することは妥当でない。この点は日本の読者にも理解していただけることと思う。実は銭理群自身も、歴史的転換点に身をおく自己の学術について、その優位性と欠落点とを明晰に自覚している。彼は度々自己を、魯迅と同世代の人々になぞらえ、歴史的過渡期にあって、「メッセージを伝える」世代に属する者であり、自分の研究は内容、方法において鮮明な過渡的性格を有すると述べている。既往の学術伝統を深く理解し、その弊害を突いて、壁を打ち破った大胆な創新の精神が、意識せぬままに伝統に拘束される。とはいえ、このような過渡的性格は決して学術の限界を意味するのでなく、むしろ銭理群の魅力はそこにあるのだと思う。だからこそ、私は今なお彼の学術研究著作を愛読してやまないのである。

2002年12月2日

新世紀の中国文学

モダンからポストモダンへ

目　次

歴史的転換期における詩人の想像力 ……………………………………… i

1　文学の転形
　　歴史が胚胎した変革 ………………………………………………………… 11
　　晩清文学改良運動 …………………………………………………………… 13

2　五四新文化運動
　　『新青年』派と『学衡』派の論争 ………………………………………… 16
　　人の発見 ……………………………………………………………………… 19
　　文学の新形成の誕生 ………………………………………………………… 22
　　文学語言の変革 ……………………………………………………………… 27
　　魯迅 …………………………………………………………………………… 30

3　規範の建立
　　京派と海派 …………………………………………………………………… 35
　　大「上海」の先導者 ………………………………………………………… 37
　　都市風景線 …………………………………………………………………… 40
　　「芸術の北京」とその創造者 ……………………………………………… 42
　　「最後のロマン派」 ………………………………………………………… 45
　　中国のモダニズム詩人 ……………………………………………………… 48
　　現代劇場芸術の成熟 ………………………………………………………… 51

4　戦争時代
　　戦争と流亡 …………………………………………………………………… 54
　　大地の子 ……………………………………………………………………… 56
　　『家』と『資産家の子女たち』 …………………………………………… 60
　　生命の沈思 …………………………………………………………………… 63
　　もの寂しい手振り …………………………………………………………… 66
　　戦争の廃墟に佇む「ハムレット」 ………………………………………… 70
　　知識人の帰依 ………………………………………………………………… 72

5　謳歌と放逐

　「さらば、スチュアート」……………………………………… 77
　「計画化」の軌道 ……………………………………………… 79
　頌歌の高唱 ……………………………………………………… 80
　革命英雄伝奇 …………………………………………………… 82
　文学の受難者 …………………………………………………… 84
　台湾郷土文学と現代派文学 …………………………………… 86
　通俗小説の歴史的発展 ………………………………………… 90
　十年の大災禍 …………………………………………………… 95

6　文学の帰来

　八方から吹く風 ………………………………………………… 98
　新詩潮の決起 …………………………………………………… 100
　文学の根を求めて ……………………………………………… 102
　話劇の芸術実験 ………………………………………………… 106
　前衛小説の勃興 ………………………………………………… 108
　ポスト新詩潮の詩人 …………………………………………… 113

書名・作品名索引　　117
著者索引　　121
後記

1　文学の転形

歴史が胚胎した変革

　1862年、中国で最初の近代兵器工場、安慶兵器工場の誕生によって、古き中国の静謐は近代的機械の喧噪にかき消された。1894年5月、東洋最大の鉄工所、漢陽鉄鋼高炉が出銑し、その炎が中原の天地に照り映えた。しかし伝統的農業文明から近代工業文明への転換、すなわち「新世紀」の降臨を、このとき誰が悟ったであろうか。

　後人によって「歴史的変動」とされる以下の事実も、当時は人目に立つこともなかった。1857年中国最大の近代都市上海で、はじめての近代的な中国語新聞『六合叢談』、1872年中国新聞史上、最も長く発行され影響力も大きかった『申報』が公刊され、近代的メディアがようやく中国に根付いたことを予見させた。新聞副刊と専門文学雑誌の出現、近代出版業の発展は近代文学の市場形成を促した。清国政府が正式に科挙制度を廃止(1905)して以降、1907年に創刊された『小説林』がはじめて稿料の基準を定めて、近代稿料制度の規範化を示すなど経済的保障によって、職業作家の出現に道を開いた。中国知識分子は、ついに科挙に仕官し、幕僚となる伝統的な道以外に「思想」と「創作」を生計の手段として、自身の独自の価値を表現するという新しい

▼ 1840年アヘン戦争でイギリス人は軍艦によって中国の重い扉をたたき、開かせた。外国の侵入に対する最初の反応として、満清政府の一部の洋務派官僚は「外国造船所を模造し、西人の機器を購求し、以て自強を求める」洋務運動を発動した。1865年洋務派の領袖李鴻章の支持により、上海に上海江南製造総局が創立され、銃砲、軍用船を生産した。中国近代化の歴史は根源的に民族独立自救運動と切っても切れない関係にあった。図は江南製造総局大門である。

▼ 商務印書館印刷所（1897年）

▼ 1866年より満清政府は欧米遊歴へ人を派遣し、中国知識人を自己の殻から解放し、世界へ大きく一歩を踏み出させた。容閎、王韜、黄遵憲、康有為、梁啓超……一連の先駆者たちは西方に真理を希求し、単に軍事、技術を学ぶことから欧米の政治、経済制度を紹介するに至るまで、西方文化、文学芸術に鑑み、同時にまた落伍した民族に向けられる蔑視、屈辱を感受し、深刻な矛盾と困惑に陥った。世界に向かう人。王懐慶作。

選択を手にしたのである。もう一方では、この後中国の近現代作家は不断に読者の趣味と市場の要求という圧力、文学商業化の持つ様々な矛盾に直面し、未曾有の苦境に陥るのである。

　1898年、厳復*（げんぷく）（1852-1924）が翻訳した英国の思想家ハックスレーの『天演論』が出版された。1899年、林紓*（りんじょ）（1852-1924）が翻訳したフランスの作

---

* 厳復：（1853-1921）トーマスハックスレーの『天演論』（『進化と倫理』（Evolution and Ethics））生存競争、適者生存の基本原理を紹介、中国存亡の危機を警告した。魯迅や胡適も大きな影響を受ける。
** 林紓：（1852-1924）翻訳家、小説家。福建閩県の人。小デューマの「巴黎茶花遺事」（「椿姫」）をはじめとして、西洋文学の最初の翻訳者として社会的影響力が大きく、清末から民国初年にかけて、「林訳小説」は読書界を風靡した。

家小デュマの『椿姫』が出版された。しかしはからずもこの二冊の著作が全中国の思想界と文学界を揺るがすことになる。文化(文学)変革に着手しつつあった中国知識分子はこの著作によって、世界を観察し、民族と個人の命運について考えるための新しい思想的武器であるところの、進化論と「自強」、「自力」、「自立」、および「自主」の進取奮闘の人生哲学を獲得するのである。また最初の政治変革の試みであった「戊戌の政変」が失敗してからは「文学変革」に新しい出路を見い出すのである。

晩清文学改良運動

梁啓超*はすでに期が熟していた文学変革の第一声を告げる先覚者として歴史に登場した。1899年から1902年に至る僅か三年の間に、彼は立て続けに「詩界革命」「文界革命」「小

◀ 厳復は西欧資産階級の古典政治経済学、自然科学、哲学の理論、知識を中国に紹介した第一人者である。彼の翻訳した『天演論』『原富』『法意』『穆勒名学』は中国近代思想に新紀元を開いた。(厳復像)

◀ 林紓は外国文学を系統的に紹介した第一人者である。彼の共訳になる『巴黎茶花遺事』(1899年)『黒奴吁天録』(1901年)『英国詩人吟辺燕語』(1904年)『塊肉余生述』(1908年)などは中国の文壇に新しい文学観念をもたらし、新しい文学天地を開いた。

▲ 梁啓超は近代中国における最も有名な啓蒙宣伝家である。彼が広く紹介した新しい人生観、歴史観、文芸観は魯迅、郭沫若を含む世代の文学者に深い影響を与えた。

---

* 梁啓超：(1873-1929)清末の思想界に大きな影響を与えた啓蒙思想家、ジャーナリスト、学者。広東省新会の人。康有為の変法維新に共鳴し参謀を勤めるが、のち文化運動に専念する。1902年には「新小説」という中国人による最初の文学雑誌を創刊して、小説による民衆の政治意識の向上を提唱し、彼の文体は、当時の青年に大きな影響を与えた。

説革命」と言うスローガンを提唱した。中国の歴史上、既に幾度も文学変革が起きていながら、それらがいずれも伝統的文学の内部調整に留まったのとは異なり、梁啓超が主張した革命とは、外国文学(域外文学)を師とする、つまり欧米の文学や思想を文章に取り入れることを強調していた。そして、その文学革命の基本的原動力はむしろ、自ら民族を救済する任に当たらなければならないという危機感にあった。梁啓超はまさに文学を民族、道徳、風俗、及び人格の改造と関連づけ、文学の有する思想的、啓蒙的影響力を重視し、並びにそれがこれ以降の中国近現代文学の発展に与える深刻な影響とを強調した。梁啓超以後、いま一人の思想家・文学批評家である王国維*(おうこくい)はショウペンハウアーとカントの哲学思想、美学思想を受け入れ「利害の外に超然たり」という「文学独自の価値」を強調し、文学として、封建的倫理道徳の婢女としての地位に甘んじることなく、そこから解放され、独立した存在になることを求めた。このことは近代的な意味での文学の自覚意識であり、また同様にこれ以後中国現代文学の発展を規定し、影響を与えることになる。

　晩清文学改良運動は、その開始からすでに言語の改革を呼びかけてるものであった。黄遵憲*(こうじゅんけん)は、旗幟鮮明に「話すように書く」というスローガンを提唱し、書面語と口語の統一を呼びかけた。また梁啓超は、「平易暢達、時に俗語、韻文、外国語語法を織り混ぜ」、多くの新名詞を取り入れた「新文体」を提唱し、晩清文学運動と五四白話文学運動の間隙を埋める重要な橋渡しの役割を果たした。

　1899年12月30日、太平洋に浮かぶ客船に在って、梁啓超は「忽然として忽として想う。今夕何の夕べぞ地は何の地ぞ、すなわちこれ新旧二世紀の境界線、東西両半球の中央なり」と、欣然と筆を執り、『二十世紀太平洋歌』を

---

* 王国維：(1877-1927)詩人、歴史家。浙江海寧の人。新学に志し、日本に留学して、カント、ショウペンハウエルの影響を受け、中国最初の体系的芸術論である『紅楼夢評論』、西洋美学と中国の伝統詩論の融合である『人間詞話』、また『宋元戯曲史』など古典的名著を残した。文学進化や白話文の影響は認めるが、梁啓超のような功利的文学観ではなく、美の自律的価値を主張。

** 黄遵憲：(1848-1905)清末の詩人、外交官。広東省、嘉応県の人。日本の明治維新に着目して、中国の変革を唱える。日本事情を紹介した詩集『日本雑事詩』は有名。文学史においても旧詩の革新者として知られ、自ら「新詩派」と称した。

書き付けた。一年後、彼はまた二十世紀の中国をつぎのように予言している。「その波瀾俶詭なること、五光十色、必ず前世紀の欧州より壮奇なるものあり。」また、次のように呼びかけている。「哲者に請う。目を拭って以て壮劇を観よ。勇者に請う。身を挺して以て舞台に登れ。」中国の知識人は、理想的な浪漫主義的激情に満たされて、「新世紀」を迎え、この後予見される様々な紆余曲折について、思いを馳せることはなかった。後に、彼らはその代価を払うことになる。

2　五四新文化運動

『新青年』派と『学衡』派の論争

　　それは人眼につかない、偶然の巡り合わせにすぎなかった。1915年の夏、アメリカ東部の景勝地キスカで休暇中の中国人留学生らがとりとめのない会話を交わす中、自称プラグマティストで、進化論者の胡適*（1891-1962）という青年が「中国文学は必ず革命を経なければならない」と力説したが、友人であり新人文主義者バビッドの学生、梅光迪**（1890-1945）の思い

▲ 1917年1月胡適は『新青年』に『文学改良芻議』を発表、これより五四文学革命が始まる。胡適はこれにより新文化運動の代表する人物となる。　胡適像

---

* 胡適：(1891-1962) 文芸理論家、哲学者、教育家。本名は胡洪騂。原籍安徽省績渓県。文学運動の提唱者であり、「文学改良芻議」、口語による試作『嘗試集』などが知られる。またアメリカ留学時代に師事したデューイのプラグマティズムを中国に紹介、後に近代合理主義的な立場から国故整理運動を進めた。
** 梅光迪：学衡派の主要人物。20世紀初頭アメリカで流行したバビッド、モアなどの新人文主義の影響を強く受けており、古典主義を尊重する立場から新文化運動に反対した。

◀ 蔡元培は北京大学学長になってから「兼容并包、学術自由」の論理的方針をとった。「旧派」の代表劉師培、辜鴻銘と「新派」の代表、胡適、魯迅、周作人、銭玄同、劉半農、呉虞等が同じ教室で自由に学を講じた。このような「学術民主」の気風が五四文化運動に新しい道を開いた。(「兼容并包」沈加蔚作 1988 年。)

▲ 北京大学の前身京師大学堂は戊戌維新運動の産物である。1898年に成立し、辛亥革命後北京大学と改名した。厳復は1912年2月から11月まで北京大学学長として在任した。1917年蔡元培(1867-1940年)が北京大学に赴任すると、改革に鋭意努力し、北京大学は「五四」新文化運動の中心となった。図は著名な沙灘北京大学「紅楼」。

がけない反駁に遭っていた。胡適は承服せず、梅光迪に詩を書き送っている。「梅生よ、卑下するなかれ、中国文学は枯れ果て、百年も健者が現れなかった。だが新潮流は止むことなく、いまこそ文学革命の時が来たのだ。」

1917年夏、北京の裏通りにある紹興会館の古い槐の樹の下で、晩清の著名な思想家章太炎*(1869-1936)と数人の弟子たち、一銭玄同と、魯迅、周作人兄弟一が、茶席に集い、張勲らによる復辟に触発されて「夷を以て夏を変ず」という議論が沸き起こり、「中国書を焼却すべし」「漢字を廃すべし」と言った「過激な話」が白熱していた。

中国の知識人たちはこのように異なった思想文化の背景、異なった個人の経験を経て、「五四」へと合流していく。彼らには十分な理論的準備もなく、統一された思想体系や方法論の基礎も形成されておらず、ただ「中国(中国文学を含む)は必ず変革しなければならない」という歴史的要請を鋭敏に感

---

* 章太炎:(1869-1936)思想家。学者。浙江省余杭の人。変法維新運動に参加、日本に亡命して同盟会機関紙『民報』の主筆に迎えられ、国粋革命論を鼓吹すると同時に、国学を講じて銭玄同、魯迅、周作人ら多くの弟子を輩出した。

知することから、中国の伝統文化と社会に対する批判と懐疑から、「一切の価値を刷新して」、「科学」と「民主」という新しい価値を建立するという呼びかけのもとに手を携えていったのである。

◀『新青年』主編であり、北京大学文科学長、『文学革命論』(1917年2月『新青年』掲載)の作者、陳独秀も新文化運動の代表的人物の一人である。　陳独秀像

その年のうちに、胡適と梅光迪の間の論争は瞬く間に、『新青年』派と『学衡』派間の論争に転じた。これは中国文学変革の方向性を決めるひとつの岐路となった。陳独秀*、胡適、魯迅を代表とする『新青年』派は武器としての歴史進化論を標榜した。「雕琢的阿諛的な貴族文学を推倒して、平易なる抒情的な国民文学を建設する。」「陳腐な誇張的な古典文学を推倒して、新鮮な誠実な写実主義文学を建設する。」「晦渋で難渋な山林文学を推倒して、明瞭な通俗的な社会文学を建設する。」という大旗を掲げた（陳独秀『文学革命論』）。伝統文学には全面否定的な反逆的態度を取り、「破旧立新」によって文学の根本変革を謀ろうとしていた。呉宓（1894－？）、梅光迪を代表とする『学衡』派は、歴史進化論を否定し、「古より今に至る文学は、堆積であり、順次に交替することはできない。」という認識によって彼らは伝統の持つ価値を強調して、伝統の活用と継続という立場を主張する中で、次第に「新しい知識」に融和し、緩やかな文学の変革を実現した。

学衡派の主張は、浪漫主義的激情に満ちて「根本的変革」を渇望する多数の知識分子に拒絶された。人々は強烈な民族の危機意識から、『新青年』の極論を傾聴したのである。「わたしはむしろ過去の国粋の消滅は忍んでも、現代および将来の民族が、この世界の生存に適せずして、衰滅に帰するには忍びない。」（陳独秀「青年に告ぐ」）

---

*　陳独秀：(1879-1942) 原籍安徽省懐寧県の人。安慶に生まれる。辛亥革命後、日本に亡命。1917年に北京大学文科学長となり、北京大学と雑誌『新青年』が文学革命、啓蒙運動の中心となる。次第にマルクス主義に接近して、21年中国共産党成立とともに初代総書記となった。のちトロツキストとして共産党を除名され、失意のうちに晩年を送る。

1922年、胡適は感慨深く宣言した。「文学革命はもはや議論の時期を終えた。反対党はすでに破産した。これからは完全に新文学の創造期である」。中国現代文学の創造は、出発点から或る急進的な理論設計に基づいて、自覚的な唱導と指導を推し進めた努力の産物である。ここに既に現代文学のエリート主導の傾向と文学の規範化の特色が見られる。

◀『新青年』は1915年9月に創刊され原名『青年雑誌』、第2巻より『新青年』と改名。1918年陳独秀の采配により李大釗、胡適、魯迅、周作人、銭玄同、劉半農らが編集に参加。「新文化」「新文学」提唱の主要な陣地となる。1912年1月、南京東南大学の梅光迪、呉宓らは『学衡』雑誌を創刊し、前後して『評提唱新文化者』(梅光迪)『論新文化運動』(呉宓)、『評「嘗試集」』(胡先驌)等の文を発表して『新青年』における「文学革命」の主張を批評し、一連の論戦を引き起こした。

人の発見

　「人の覚醒」は、五四期における反伝統主義の真の本質であり、また五四新文学運動、および五四新文学の啓蒙主義的な特色を具に体現している。

　「人の覚醒」として最も顕著な現れは、五四文学において、社会構造の最底辺に位置する「人」——婦女、児童、農民が見い出されたことだろう。五四文学の中で最も関心を注がれ、描写の中心となったのが「婦女解放」であった。「家を出たノラ」及び中国における彼女の模倣者は、五四文学の英雄となった。「私は私自身のもの。誰も干渉する権利はありません。」魯迅の小説『傷逝』のヒロインが豪語することばは、「当時最も強い反響」を呼んだ。そして一群の女流作家の出現は、五四特有の典型的な文学現象であった。謝冰心*、

＊　謝冰心：(1900-)　女流作家。本名は婉瑩。福建省閩侯県の人。五四運動を迎えると同時に創作をはじめ、文学研究会に参加。燕京大学卒業後、許地山らとともに渡米、ウェールズ大学に学ぶ。26年修士号を得て帰国し、燕京大学教授となり、抗日戦時期には、西南連合大学教授を歴任。代表作に『超人』『冬児姑娘』『寄小読者』など。

馮沅君＊、黄盧隠＊の作品、（代表作は『超人』『旅行』『海浜敵人』とされる。）また彼女たちのそれぞれの風貌は、無数の文学青年を傾倒させた。「人類よ。愛しい同士たちよ。私たちはみな長い旅路をゆく旅人、みな同じ終着点に向かって。」（冰心『繁星』）。女性作家たちは彼女たち特有の柔らかな優美な言葉で、新文学に「愛」と女性の「美」をもたらした。これは中国の民族精神と文学の改造に重大な意味を持った。中国にようやく真の近代児童文学が出現したのはこの五四期なのである。

▲ 五四新文学運動は「子供を救え」という大声疾呼の叫びから始まった。画家の裘沙は魯迅の雑文の挿絵として幼き者の解放を描いた。（1918年）

▲ 著名な散文家、画家豊子愷が20年代に児童を題材とした漫画は、幼さ、拙さの趣向に心を砕く中で、五四文学芸術の中に「児童崇拝」の傾向を表現した。

◀ 著名な画家、司徒喬（1902-1958）の1925年のスケッチ「五人の警察官と一人のゼロ」、表現しているのは反動的軍事警察の暴力のもとにおいては、生命価値がゼロに等しい下層婦女への切実な同情である。この絵画は魯迅が大切に保存していたものである。

＊ 馮沅君：（1900-1974）作家。文学史家。本名は馮淑蘭。哲学者馮友蘭の妹。北京女子高等師範、北京大学研究院に学び、『創造週報』『創造季刊』に恋愛の自由をテーマとした短編小説を書き、注目された。のち文学史の研究に専念し、解放後は夫である陸侃如とともに山東大学で教鞭を取る。

＊＊ 黄盧隠：（1898-1934）：本名は黄英。福建省閩侯県出身。北京女高師に入学し、五四の洗礼を受ける。文学研究会会員として『小説月報』に作品を発表。新文学運動の初期、謝冰心と並ぶ第一線の女流作家として活躍した。

葉聖陶*の童話『稲草人』や謝冰心の散文『小さな読者へ』は世代から世代へ読み継がれ、児童の心の『聖典』となっていった。子供の発見は、他の時代にはない純真な気風を五四新文学にもたらした。

　「五四」はまた農民をも発見した。文化人類学的な意味での農民の発見とナロードニキ的な思潮の結合によって、現代文学の形象としての中国農民は濃厚な理想的色彩と神聖性を備えて行った。魯迅の小説中の閏土、祥林嫂、阿Qなど、農民典型の出現は、農民がはじめて文学の主人公となったばかりでなく、農民が文学の啓蒙主義的な伝統を新たに創出したということでもある。一方で、農民を主とする下層の人々が「人」としての価値を抹殺され、迫害されるところから来る悲劇性は、深い同情を引き起こすかたわら精神面においては、奴隷的苦役による農民及び下層の人々の落伍、愚昧、精神的マヒ、無自覚の状態などが、結果として「国民性の改造」という文学的主題を誘発したのである。魯迅以来のこの伝統は、二十年代の王魯彦**（1902-1944）、台静農**（1903-1993）

▲これは五四時期の著名な画家陶元慶（1893-1929）が魯迅の求めに応じて「郷土作家」許欽文（1897-1984）の小説集『故郷』のために描いた扉絵「大紅袍」。

---

*　葉聖陶：(1894-1988)江蘇省蘇州の人。教師生活を経て、新潮社、文学研究会にも参加した五四期の代表的作家。特に黎明期の児童文学に貢献し、小市民、知識人の平凡な日常生活を描いた批判的リアリズムの作風は人々の共感を得た。また商務印書館編集者として出版関係の業績も大きい。

**　王魯彦：(1902-1944)小説家、翻訳家。本名は王衡。浙江省鎮海県の人。文学研究会に属し、『柚子』『黄金』等の作品で、魯迅、茅盾に評価され、創作活動に入る。エスペランティストとしても知られる。

**　台静農：(1903-1990)安徽省霍丘県の人。『莽原』を創刊。未名社の成員であり、魯迅の弟子でリベラリスト。抗戦期前には輔仁大学、斉魯大学、山東大学、厦門大学で教鞭を取り、抗戦勝利後は、台湾台北大学中文系教授となる。主要短編集に『地之子』『建塔者』。

彭家煌*（1898-1933）ら「郷土文学」の作者に直接影響を与え、同様に現代中国文学の発展に深遠な影響を与えている。

　最も決定的な意味を持っているのは、むろん知識人の個性や自由意識の覚醒である。封建的な人身依存関係から抜け出し、自立した知識人が、最初に文学の主人公となり、農民とともに中国現代文学のふたつの最もポピュラーな題材となった。文学はここではじめて「個人の個性を表現する」文学となった。五四文学の魅力の全ては、決してその思想の深刻さと芸術の成熟にあるのではない。──そういった方面ではむしろ言わば皮相で幼稚であるといってもよい。そうではなく、むしろ作家の個性の自由な表現及びそれによって生み出される作品の人格を備えた吸引力にこそ、五四文学の魅力があるのである。五四新文学は、或る世代の知識人たちの自画像である。あの「砂漠に立ち、砂塵が舞い、石が転がる様を見て、楽しんでおおいに笑い、悲しんではおおいに叫び、憤りておおいに罵る。」といった心霊の自由、人性の放埒、情感の真実、自然さ、それらは模倣しえない一度限りのものであり、それゆえに永遠に人々は憧れ、思いを寄せるのである。

文学の新形式の誕生

　五四新文化運動の唱導者たちは文学変革の突破口として、躊躇することなく、「形式」の解放を選び、かつまた「伝統的詩歌の古い格律を打破する」という戦略に出た。胡適は「文をつくるように詩をつくる」という極論を提唱することによって「詩が詩とならな

◀ 郭沫若の『女神』は1921年に出版され、斬新な内容と形式により新世代の詩風を開いた。

---

*　彭家煌：(1898-1933) 小説家。湖南省湘陽の人。長沙省立第一師範卒業後、北京女子師範付属補習学校で教える傍ら、北大で聴講。上海中華書局を経て、商務印書館に入り、文学研究会の会員となる。左連に参加し、また『紅旗日報』の編集に当たる。1933年病没。小説集『怂恿』『茶杯里的風波』『平淡的事』『出路』長編小説『喜訊』。

い」という代価を払うことに甘んじ、また思想表現の自由を獲得し、白話を詩に導入することによって「詩の平民化」を実現した。そこで生まれたのが郭沫若*の『女神』を代表とするような、形式面での「極端な自由、極端な自主性」を強調する自由詩である。「わたしは疾走し、狂吼し、燃焼する。わたしは電気のように疾走する。わたしはすなわちわたしだ。」(『天狗』)。形式的な無拘束性と自由に飛躍する創造力との結合は、『女神』をして自由な詩の空間と時間とを創造し、疾風怒濤を突き進む五四の時代精神を表現した。そして詩の解放の後、必然的に詩の規範が出現した。聞一多*や徐志摩ら新月派の友人たちは、「理性による感情の抑制」という美学的原則を提起し、詩の形式の格律化を主張した。以後、穆木天、李金髪ら、早期の象徴派詩人たちはまた、「純詩」の概念を提唱し、「詩と散文の純粋の境界」、詩の「貴族化」を実現した。このような理論的追求と呼応して、中国には一群のやや成熟した現代詩人と現代新詩が出現した。

▲「紅燭よ！収穫を問うなかれ、耕運を問え」(聞一多)。図は詩人の子で画家の聞立鵬による『紅燭頌』。

---

* 郭沫若：(1892-1978)小説家、劇作家、詩人、歴史学者。本名は郭開貞。四川省楽山県の人。日本留学中に創造社を組織し、文学活動をはじめる。初期創造社のロマンチシズム、左傾化を代表する存在でもあった。26年に国民革命に参加。南昌蜂起後、日本に亡命して中国古代史の研究を開始する。抗日戦期は武漢、重慶において文化宣伝工作に従事した。
** 聞一多：(1899-1946)湖北省浠県の人。清華大学を卒業後、渡米してのち新詩の創作をはじめ、処女詩集『紅燭』で注目された。1920年代には理論的にも新詩のスタイルに規範を与え、『死水』において詩作の頂点を示した。

▲ 五四の著名な散文家、小説家郁達夫が幼い頃を回憶して言う。いつも故郷の富春江畔に独り佇みはるかに空と水辺と淡き青山を望み見る。周囲の物音は静まり返り、心には訳知らず、渇望と哀愁が満ちてくる。富春江厳陵瀬　劉海粟作

これは望みのない、よどんだ水
清風がそよいでも、わずかなさざ波も立たない。
もっと鉄屑ガラクタを投げ込んで、
いっそ残飯でも撒き散らせばよかろう

　　　　　　　　　　　　　　　聞一多『死水』

そっと私は去ってゆく
そっとここに来たときのように
私は軽やかに手を振り
西空の雲に別れを告げる

　　　　　　　徐志摩*『ケンブリッヂに再び別れを告げる』

* 徐志摩：(1897-1931) 詩人、散文家。本名は徐章垿。浙江省海寧峡石鎮の人。北京大学などで法律、政治学を学び、渡米（コロンビア大学）、渡英（ケンブリッヂ大学）。詩作に転じ、胡適らと新月社を起こす。1931年11月飛行機事故で夭折。

中国現代話劇は、西洋から移植された外来形式である。中国の伝統的戯曲は、歌、舞、劇の三者が一体となったもので、一種の「写意」の芸術であった。そして辛亥革命前後、中国に流入したのは、ヨーロッパの写実劇であった。日本留学生によって結成された春柳社が1907年春に『椿姫』を上演し、中国話劇史の序幕はすでに引かれていたものの、真の話劇文学創作の誕生は、五・四以降に待たれるのである。この時もっとも成果を収めた劇作家には田漢＊や丁西林＊がいる。田漢の『湖上の悲劇』、『南帰』『獲虎の夜』の悲劇には、詩情が濃厚であり、中国の詩騒の伝統が明らかに見て取れる。丁西林は、独幕の劇をよくし、一世を風靡した『一匹の蜂』『圧迫』『酒後』などの作品構成はきわめて精巧であり、ユーモア、機知に富み、英国紳士的色彩が濃厚であるうえに、北京文化の風格も見え隠れする。

▲ 北京人民芸術劇院では1957年に、田漢が1929年に書いた初期の劇作『名優の死』を上演した。（監督夏淳、主な俳優、童超、于是之、金昭ら）

　五四期における小説形式の変革と伝統はさらに複雑な関係にある。五四の先駆者たちは、伝統文学の周縁に位置する『紅楼夢』『三国演義』『西遊記』『儒林外史』に代表される伝統小説には肯定的評価を与え、小説を文学ジャンルの中心的位置に据え、近代小説の発展に道を開いた。もう一方で、小説形式の具体的変革の中で、異なる時代、国家、創作方法、異なる流派と風格の西

＊　田漢：(1898-1968) 劇作家。湖南省長沙の人。留学先の日本ではじめて近代劇、映画に触れる。少年中国学会に加入、創造社結成にも関わる。のち南国劇社を起こして、近代演劇の開祖とされる。1930年代には左翼映画運動の発展に大きな足跡を残した。

＊＊　丁西林：(1893-1974) 劇作家。本名は丁燮林。江蘇省泰興県の人。バーミンガム大学で物理学を専攻。帰国後、北京大学、中央大学の教授を歴任。科学研究の傍ら喜劇の創作を始める。初期の演劇界において新境地を開いた。

◀ 五四は文学の最初の「対外的開放」であった。西欧の数百年間にわたる文学芸術作品が同時に中国になだれ込み、中国と西欧の文化は空前の大衝突を起こした。図は五四時期中国に紹介されたロシア作家ツルゲーネフ、チェーホフ作品の表紙。

洋小説の様々な形態を自覚的に大量に取り込み、大いに創造的実験が進められ、「全知的視角で以て、一貫してプロットを中心とする物語を叙述する」つまり伝統的な章回小説のモデルを打破しようとしたのである。

小説が、文学ジャンルの周縁から中心に移動するプロセスにおいて、その発展が、最も成熟し、最も魅力的な「詩騒伝統」を中国の伝統小説から意識的に吸収し、西洋から流入した「抒情詩的小説」の概念を手本としてこれと結合させ、「中国近代抒情小説」を生み出した。

魯迅の小説のことばに対する「ムード」「イメージ」の改造、伝統詩と絵画の「白描」手法の運用から、郁達夫*の小説にあるような、主人公の感情の起伏を糸口として文章を構成してゆく意識の流れを手法とする抒情構造(『沈淪』『春風沈酔的晩』)及び廃名**(1901-1967)の意識的に唐代の詩の作法を模して書いた小説(『竹林的故事』『橋』)に至るまで、詩の思惟と言語構造を小説創作に導入するという大胆な試みは、漸時発展し、それは近代小説において最も成熟した形式となっていった。

▲ 魯迅の1919年に創作した白話詩『他們的花園』の手稿。

---

* 郁達夫:(1896-1945)小説家。名は文。達夫は号である。浙江省富陽県の人。日本に留学、文学への傾斜を深め、22年に出版された小説集『沈倫』の感傷頽廃の作風は大きな反響を呼び、第一期創造社の全盛期を作り上げた。

** 廃名:(1901-1967)作家。本名は馮文炳。湖北省黄梅県の人。五四期に北京大学英文系に学び、のち周作人に師事して語絲社に加わる。また馮至とともに『駱駝草』を編集。文章は独特で難解であり、周作人が抒情詩人として高く評価している。散文小説『橋』中編『莫須有先生』などがある。

文学語言の変革

　五四文学変革の意義の中で、筆頭にあげるべきは文学言語の変革である。胡適の反逆の一文『文学改良芻議』は、旗幟鮮明に白話を以て文言文に替えるという主張を打ち出していた。「今日、文をつくり、詩をつくるには、よろしく俗語俗文を採用すべし。」また、これを「ダンテ、ルターの偉業」になぞらえる者もあった。五四文学における語言変革の徹底性と、その歴史的功績は、それが晩清白話文学運動の「二元性」を突破しようとしたことである。また白話文が「民智を啓発する」ための道具、或いは啓蒙教育に運用すべきものであるに留まらず、「一切の文学の唯一の工具」である口語の基礎のうえに、そのほかの語言成分を取り入れ、近代人の思惟に適合した情感を表現し交換するための、思想と芸術表現力を具えた近代的な文学言語を創造すべきことを強調するものであった。

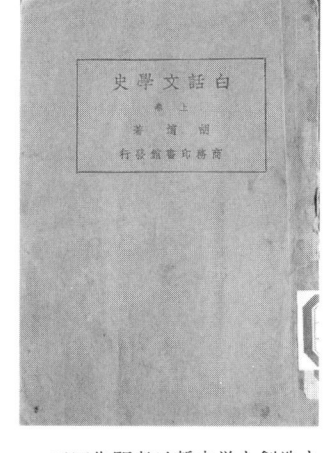

▲ 五四先駆者は新文学を創造すると同時に、現代的、科学的な観点と方法で、古典文学に対する再発見と、再評価、新しい解釈を押し進めた。胡適の『白話文学史』はその代表作である。

▲ 冰心、1923年アメリカで撮影。彼女の同時代作家郁達夫が言うように：「意在言外，文必己出，哀而不傷，動中法度，これこそが女史の日常の佇まいであり、女史の文章の極致である。」

　五四の先駆者たちはこの目標を実現するために、あらゆる方面で効果を上げるように努力して来た。1920年、当時の中央政府教育部は、白話を国語とすることを公に宣言し、全国の小中学校にこれを採用するよう通達した。五四新文化運動の奮闘目標は、ここではじめて制度的な実現と保証を得た。長期にわたる芸術的実践を

◀ 周作人は五四時期の最も影響力のある文芸理論家であり、批評家、翻訳家、散文家である。胡適が言うように彼の『人の文学』は五四新文化運動の「文学宣言書」である。彼は叙事、抒情を主とする「美文」を提唱することで、雑文と抗争し、また悠々自在、筆に任せての「閑適」作品を残した。

経て、新文学作家の中に、一群の注目すべき成熟した言語の芸術を駆使した作家が誕生して来た。朱自清*（1898-1948）は、現代口語の規範化に尽力した。彼は「（文を）つくる」「つくらず」ということの間に適切なる尺度を定めた。口語の自然さ、素朴さ、新鮮な活力を保ったうえで、或る明瞭さや優美さの境地に達した。謝冰心は意識的に「白話文言化」や「中国語の欧化」を追求して、「自然に古文と欧文とを融合する」と共に自己の個性を融合させ、美しくも典雅な言葉を創造して、読者の間に広まると同時に、模倣者が次々に現れ、「冰心体」と呼ばれた。周作人*（1885-1967）と彼の学生であった廃名は、更に意識的に、「古文を国語文学に招き入れ」口語の基礎のうえに「欧化語、古文、方言などの成分」を織り混ぜ、適宜に貪欲にこれらを混交させ、「渋みと簡素な風合い」を備えた「知識人の鑑賞に耐える文学」へ作り変えていった。廃名の『橋』とその他の小説には、言葉の跳躍と空白、文言的シンタックスの多用や伝統的典故の感化用法とが大量に出現した。着想が創造的で簡潔、そして奇癖な文体は文人の筆墨趣味に沈湎しており、言語そのものが追求される対象となった。

---

* 朱自清：(1898-1948) 詩人、散文家。本名は朱自華。江蘇省東海県の人。北京大学哲学科在学中から新詩を書き始め、文学研究会の結成と同時に会員となり、中国新詩社を結成。25年清華大学の教授となり、詩から散文に転じ、古典文学の研究をはじめる。以後聞一多と親交を深め、抗日戦争中は西南連合大学教授として昆明にあり、48年北京で病没した。

* 周作人：(1885-1967) 散文作家。翻訳家。浙江省紹興の人。日本に留学、辛亥革命直前に帰国し、北京大学に迎えられ、人道主義的な立場から啓蒙期の新文学に多大な貢献を果たす。国民革命分裂後、散文小品の創作に転じる。知日家であったが、日本占領下の北京に残り、要職にあったことから戦後道義的責任を問われ、近年ようやくその再評価が進められている。

そよ風が過ぎ、清らかな香りを縷縷として絶えず送って来る。
まるで遠く遥かな高楼の上から水面へと広がる歌声にも似て。
この時、葉と花にも、かすかな振動が走り、閃光のように、瞬く間に
蓮池にと広がってゆく
葉は、肩を寄せ合って、さながら遠く波打つ碧い波痕のようだ。
葉の下に脈々と流れる水は、遮られるとその色は見えない。
葉の方がかえって風雅である。

朱自清『荷塘月色』

▲ 朱自清の散文名編『荷塘月色』その手法は美しく精緻である。魯迅が言うように「これは旧文学への示威である。旧文学が最も優れていると自認するところは、白話文学でも為せぬわけではない。」画家、林風眠の名画「荷花」。

周囲の光景が大海であるときと、魁偉な山であるとき、この二つを較べてその趣がどう変わるか、古詩を見ればすぐわかります。例えば月が海と山から出て来た場合を見るなら古詩に言うように、「南山天地を塞ぎ、日月石上に生ず。」よくよく吟味してみるとこの二つのフレーズは、魁偉な山をきわめて巧みに形容しています。しかしその光景はいかにも圧迫感があり、ゴツゴツと硬く、読んでも人生を愉しくさせはしません。ところが「海上に明月生じ、天涯此を共にするの時」これも月の出ではありますが、その光景は、何と艶やかで、雄大で、燦然と輝いていることでしょうか！

冰心『山中雑記 七―海を愛するとりとめもない幾つかの話』

……途中まで来て、細竹はぐるりと振り返り、彼がまだそこに立っている

のを見て、こう叫んだ。「あなたって本当に奇妙だ。またそんなところに立って何を見ているの。」そう言いつつ彼女は立ちどまった。實のところ彼自身も、そこで何を見ているのかわからなかった。

　過ぎ行く霊魂を望見すれば、いやましに渺茫と消え行く。後ろ姿を映す眼前の二幅の影もまた時を同じくして遠ざかる。あたかも夢境にさまようかの如くだ。その色は橋下に流れる川の色であるに変わりない。細竹は振り返るとこの世界の有り様に殊の外驚いた、「橋下に水流嗚咽す」。その時にわかに彼女を望み見て笑いさざめく水響を聞いたかのように思えた。これよりこの橋は中間が彼岸となった。細竹はそこに佇み、永遠に眺め続ける姿は、空しく倚傍するのみである。

廃名『橋』

魯迅

　魯迅＊（1881-1936）は、五四から二十世紀に至る中国で最も偉大な思想家であり、文学家である。彼の時代について言えば、彼は時代を陵駕していた。

　1881年9月25日魯迅は浙江省紹興の没落した封建制を残す大家庭に生を受けた。幼い時から伝統文化（儒家の正統文化および非正統文化）と民間文化の薫陶を受けた。その後南京に学び（1898-1902）日本に留学（1902-1901）した期間、広く近代西洋文化に接触した。前世紀末に始まった中国社会、思想、文化の大変動の後、次第に自己独自の思想を形成していった。

▲魯迅はこの自分の肖像画を「墓穴を掘る」と名付けた。「自分を埋葬したのである。」

＊　魯迅：(1881-1936) 作家、思想家、批評家、文学史家。浙江省紹興の人。官費留学生として日本に派遣され、弘文学院に学び、仙台医学専門学校に進学するが、民衆の覚醒が必至との決意から、医学を捨て文学に志す。帰国後、文学革命期には『狂人日記』『阿Q正伝』を発表、五四退潮期には『彷徨』『野草』『中国小説史略』等の著作がある。革命文学論争、国防文学論争では左翼内部の矛盾や、文学観の相違に厳しい批評の矛先を向けたことも知られる。1937年10月19日病没。

1907年に最初の論文『人の歴史』を発表して以後、1918年5月には、『新青年』に中国で最初の近代白話小説『狂人日記』を発表、1936年10月19日にこの世を去るまで、筆耕の生涯に、多くの著作を残した。主なものに短編小説集『吶喊』『彷徨』『故事新編』散文詩集『野草』散文集『朝花夕拾』など、及び『熱風』『墳』『華蓋集』『二心集』『偽自由書』『且界亭雑文』など16冊の雑文集。このほか、『中国小説史略』『漢文学史要綱』などの学術著作がある。

◀ 魯迅が解説している。「飢えた子供たちが我慢できず食べ物をねだっている。母親の心は張り裂けんばかりである。」ケイテ・コルビッツ「パン」

魯迅は中国社会転形期における「中間物」を自称している。暗黒の扉を肩に担い、因襲の重荷を負いつつ、中国「最後の知識人」たらんとした。彼は自分の「墓碑銘」に、永遠に刻印し公言している。「浩歌熱狂の際に寒に当たり、一切の眼中に無所有を見、希望なきところに救いを得る。」彼は徹底して至善至美に関する一切を放棄し、一切の精神的逃避を拒絶した。彼はまた同時に、無情にも自己を懐疑し、否定し、「一遊魂あり。化して長蛇となる。」「みずからその身を噛み、終に殞顚す。」しかしなから、彼は自覚的に現実と自我への絶望に抗い、「絶望の虚妄なること、まさに希望と相同じ」と認めた。彼はその不可能なことを知りつつ、これを為そうとし、眼前に墓（死の淵）が控えていようともあくまでそこに向かおうとした。まさにこの「絶望への反抗」が魯迅精神の核心と精髄を成すばかりでなく、20世紀中国近代の民族精神と文学精神を体現しており、魯迅もまた現代中国の「民族魂」となったのである。

『吶喊』『彷徨』について語るとき、人々がまづ思い起こすのは、魯迅が、あの頭にラシャ帽をかぶった阿Qを、世界文学の舞台に登場させたということである。魯迅は彼の一身に「精神勝利法」を体現させた。それは永久に敗者の身でありながら、むしろ信じられないような自己弁護と粉飾の態度で、明らかに殴られていても「息子に殴られたようなものだ。」と一声叫ぶだけで、一切を忘れてしまう。魯迅はここに没落した民族の深刻な精神的危機を見た。そして読者はここから多くのことに気づく。「精神勝利法」は、現実的解放に絶望を感じた人の一種やむをえない選択である。この虚しい精神勝利法はか

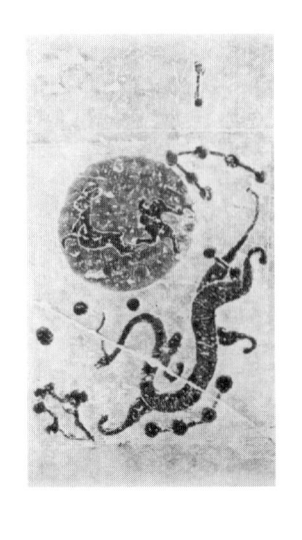

◀ 魯迅は漢唐の石刻画像の収集、研究に心を砕き、「当時の風俗、また神話と当時の生活状況が描写され克明に看取できるもの」を選び一冊の本とした。図版は魯迅が所蔵していた「東官蒼龍星座」漢の画像。

えって人を現実に屈服させ、更に絶望の淵へと追い込む。人は生きてゆくことの苦境から永久に逃れることはできない。この精神的危機は、ある具体的な時代と民族を超越して、人類自身に属するものである。ロマン・ロランが、阿Qの身に大革命時期のフランス農民を見たと言った所以である。『阿Q正伝』は、中国の現代作家が、人類を念頭に置いて書いた最初の作品と言える。『阿Q正伝』においてなされた民族の自己批判は、魯迅小説の啓蒙主義的な特色を顕示している。しかし魯迅は中国の民衆に、「観客」を発見した。『示衆』『狂人日記』『薬』『長明燈』『祝福』などの小説では、すべて「見る/見られる」という二元的対立様式が見られる。知識人の啓蒙主義は、民衆の眼には、しかし滑稽な「芝居」に過ぎない。『孤独者』『酒楼にて』などの作品では、啓蒙知識人の悲劇は、さらに一歩進んで展開される。「郷土中国」と「近代中国」の衝突の中に、彼は「立ち去ること」と「帰ること」の間を徘徊する。永久に精神の漂泊に身を委ね、自分の位置を探し当てることはできない。このような、「啓蒙主義」と「啓蒙主義に対する懐疑と超越」が、魯迅の『吶喊』『彷徨』に内在する矛盾となり、それぞれの作品とその描写の中に、芸術上、美的な不完全さの痕跡を残している。

魯迅は『故事新編』の中で、大胆に小説の常軌を突破している。時空の重複、交錯、古今の交雑。古代神話伝説中の英雄－造人、補

▲「私は野草を愛する。しかし私は野草を飾りとする大地を憎む。」魯迅の散文詩集『野草』の初版本表紙。

天の女媧、射日の後羿、治水の夏禹、古代典籍中の聖賢、孔子、墨子、老子、荘子を問わず、こぞって俗世の中に置くことによって、その卑俗さをあぶり出した。つまり『吶喊』『彷徨』『野草』とは異なる軽妙、洒脱で、遊びのあるこだわりのない心態で、自由に歴史を叙述したために、『故事新編』は、まさに現代の奇書と呼ぶに相応しいものとなったのである。

　『野草』は自己の魂に肉薄する作品であり、同時に容易には伺い知れない魯迅の思想の深層にある暗黒と冷酷さを処々に露呈している。彼は生命のありかを追求する途上で、絶望を発見した。その絶望とは「凍滅」「焼完」のいずれかを選択せざるを得ないいかんともしがたい存在であり、(『死火』)それはまた「暗黒はおれを呑み込むかも知れぬ。だが光明はおれを消すかも知れぬ。」「あてどもなく彷徨する」よるべない絶対的孤独であり(『影の告別』)それは「何という名なのかも、どこから来て、どこに行くのかも」知らぬ、帰宿先もない荒誕な存在(『過客』)である。彼は、たとえ彼が希望を寄せる戦士の生命にすら、「無物の陣」に相対して、ついには「戦士でなくなる」という、無意味な無聊な悲哀を見ていた。(『このような戦士』)「死火」「影」「過客」「無物の陣」の言葉はすべて詩のイメージであると同時に、魯迅の発見した生存コードであり、魯迅の詩と哲学は、『野草』において融合し、一体化したのである。

　『野草』は孤独者魯迅の「モノローグ」であり、自らのために造り上げた、現実と対立する見知らぬ芸術世界である。そこで魯迅の筆から湧き出したものは、夢の朦朧さ、重苦しさ、奇怪さ、幽鬼の陰森さと神秘性、幻想的な光景、荒唐無稽なプロット、捉え処のない模糊たる観念、道理を以ては捉らえ難い反「常」的感覚、壮麗で冷艶な色彩、意表を突く想像、……『野草』は、その個性化と独創的な(一回性の)語りを以て、五四の幕開けを見た現代文学の真の本質を表現している。

……(その他の雪は)晴天のもと、つむじ風が巻き起こると、勢いよく舞い上がり、日の光を浴びてキラキラとひかる。炎を包んだ濃霧のように旋回して舞い上がり、大空一杯に広がって、大空そのものが旋回して舞い上がるかのようにきらめく。

　無辺の荒野のうえ、凜冽の天空のもと、キラキラと旋回して舞い上がるの

は雨の精か。……そうだ。それは孤独の雪であり、死んだ雨であり、雨の精である。

――『野草・雪』

　雑文もまた魯迅独自の文章スタイルと言える。それは「時代に感応する神経でありたい」という欲望、現実を超越したいという形而上の欲求をかなえるものであった。魯迅は雑文を通じて生活のあらゆる領域に入り込み、目まぐるしく変化する時代の息吹を迅速に吸収し反映して、政治、社会、歴史、道徳、審美的側面から価値判断を下し、時に及んで生活の共鳴を得る。魯迅思想は、雑文という広大な天地を飛翔し、自由に人類、人生、人性の根本問題を思考し、なにものにも拘らわれる事なく、自己の大いなる憤怒、憎悪、軽蔑、歓喜を表現し、様々な芸術内容と詩、戯曲、小説、散文、などの形式を一つに融合した。まさに雑文という無体の自由な形式こそが、天馬が空駆けるように、魯迅の思想と芸術を余すところなく発揮させたのである。

▼ 映画『阿Ｑ正伝』（厳順開が阿Ｑに扮する。）

3　規範の建立

京派と海派

　1934年1月10日、小説家、沈従文は天津『大公報』文芸副刊に『「海派」を論ず。』という一文を発表し、これが所謂、一連の「京派」と「海派」の論争の発火点となった。

　1928年国民党南京政府が中国を統一して以後、引き続き中国の工業化、近代化を推進する歴史的プロセスの中で、工業生産は非常に低い起点から次第に上昇を辿り、上海を中心として東南の沿海都市には奇形な繁栄が見られるようになった。上海は中国近代大工業の基地となり、国民党、共産党両党の係争の地となり、北京の後を継いで、中国新文化の中心となった。そしてここには、原稿料で生計を立て、都市の文明、商業文化に依拠する「海派」と呼ばれる職業作家たちが集まってきた。しかし都市文明に対する態度によって彼らは三つの作家群に分類される。左翼作家群、「新感覚派」の作家、そして鴛鴦蝴蝶派を中心とする通俗作家群である。

　「京派」は、北京など北方都市を中心とし、『大公報文芸副刊』『文学雑誌』『水星』などを陣地とし、大学教授、大学生など学者型文人を主とする、アマチュアの作家たちである。中国工業化過程の発展が不均衡なために、農村の

▲ 古い北京の東直門（城壁の隅櫓）

▼ 30年代上海繁華街の出版社、新聞社。

◀ 清華大学の前身清華学堂跡。1925年清華国学研究院は、梁啓超、王国維、陳寅格、趙元任らを教師として招聘し、きわめて大きな影響力を持った。清華大学は中国北方の学術研究の中心の一つとなった。陳禹撮影。

◀ 上海南京路にある競馬場の一角。30年代上海南京路一帯には近代的商業文化、娯楽文化センターが出現した。

　近代化が深刻に遅れたばかりでなく、内陸都市もおおむね農村の延長で、上海が「冒険家の楽園」であった時分、北京は依然として伝統的農業文明の「故郷」であった。京派の作家は一面、伝統文化の精巧さ、豊かさに心酔し、また自由気ままなキャンパス文化の雰囲気に身を置き、ありのままに文学（学術）の独立と自由を追求し、文学が政治に、特に政党政治に従属することに反対し、また文学の商業化に反対した。彼らは文学の純正さと尊厳を擁護しようとし、「民族の徳性の喪失と再建」を詳しく討議した。彼らは文学に忠実な理想主義者たちである。

　いわゆる「京派」と「海派」の論争は、まさしく農業文明から工業文明に転換する歴史的変遷における文学的な対応であり、そこには中国近代文化の基本的衝突を含んでいた。伝統と近代、西方と東方、農村と都市、……等々。

中国近代文学はまさしく両者の対立と浸透の過程において、文学の変革と再建を推し進め、次第に新しい文学の規範を確立した。

大「上海」の先導者

1933年は、茅盾*（1896-1981）の長編小説『子夜』の出版によって『子夜』年と呼ばれ、文学史的に大変重要な意味を持つ。

『子夜』は近代都市に対して、もう一つの視点を提供している。作家は「歴史の審判者」の眼差しで、都市に生きとし生けるもの、入り乱れる喧噪を見

◀ 茅盾 本名沈徳鴻。字雁冰。浙江桐郷人。著名な長編小説芸術家。代表作に『蝕』三部作『子夜』『腐蝕』『霜月紅似二月花』など。

▼ 茅盾の小説を改編した映画『春蚕』の一場面（夏衍改編、程歩高監督、1933年明星映画会社出品）

▲ 図版は30年代中国芸術家が熟知しているアメリカの版画家ロックウェル・ケント（1882-1971）の作品『火炎』（1928年作）。30年代中国左翼作家は多くのマルクス主義文芸理論の著作を翻訳紹介した。魯迅は彼らをプロメテウス式の「火を盗む者」に準えた。

---

* 茅盾：(1896-1981) 小説家。評論家。本名は沈徳鴻。浙江省桐郷県青鎮の人。北京大学予科修了後、上海の商務印書館編訳所に入り、『小説月報』の革新に着手し、「写実主義」を標榜する文学研究会の理論的支柱となった。大革命の経験を描いた『蝕』三部作で作家活動を開始。『子夜』『霜葉相似二月花』など長編小説が著名。文化界において一貫して指導的立場にあった。

◀ 30年代の映画市場は左翼芸術家の独占するところとなった。図は明星映画会社が1937年出品した映画『馬路天使』の一場面（総監督牧之、主演趙丹、周璇等）

落ろし、資本が労働者を搾取することの罪悪を冷静に分析し、墓掘り人夫の末路を暗示し、中国資本主義に出路はなく、労働者階級が都市の主人となるべき歴史の必然を、自信に満ちて「預言」したのである。芸術家としての茅盾はまた、自ら「都市礼讃」者であった。彼は民族資本家（呉蓀甫）の策略と辣腕に、時代女性（『蝕』三部曲の慧女士、孫舞陽、章秋柳、『虹』の梅行素の躍動する生命力の中に、労苦大衆の暴力的反抗の中に、現代大都市特有の力と躍動の美を見い出した。茅盾はまた都市生活の全面について、パノラ

▼ 左翼青年画家黄新波の木版画－推（1933年作）

▼ 艾燕短編小説集『南行記』挿絵袁運甫作

マ的、審美的に照射し、近代的大工業と大都市の気魄とが呼応した宏大な史詩的芸術構造を生み出した。茅盾の影響力のもと、多くの若手左翼作家たちは近代大都市の先導者である、無産階級の「新美学」を開拓していった。彼らは一面ラディカルな革命者の立場から、都市の抑圧された人心のうつりかわりの中に革命の火種を求め、扇情的な力強い言葉でそれを綴った。現代知識女性の苦悶（丁玲＊、1904-1986：『莎菲女士的日記』）、小市民の都市の夢とその破滅（張天翼＊＊、1906-1985：『包氏父子』等）労働者階級の革命的覚醒（蒋光慈＊＊＊、1901-1931：『短褲党』）、都市経済、社会的危機の波及のもとでの、農村と地方都市経済の破産（茅盾：『春蚕』、『林家舗子』）。一面また同様にラディカルな革命的態度でもって、最も大胆に形式的実験を行った。現代大都市の劇的な変化、動揺に感応して、彼らは焦慮しつつ新しい文体を模索し、創造していった。彼らが模索し、創造したのはきわめて力強いコントラスト、対比、濃厚、鮮烈、ドラマティックな構造スタイルである。その模索と創造とは内的緊張に満ち、音の強弱と躍動に満ち、速いテンポの文体であり、今にも爆発しそうな都市革命の情緒を帯びていた。彼らは「五四」よりも更に青春の息吹に満ちた「革命化された都市文学」を創造したのである。 ── 彼らが描いた農村の遠景（葉紫＊＊＊＊、1910-1939：『豊収』、

＊ 丁玲：(1904-1986) 作家。本名蒋氷姿。湖南省臨豊県の人。『莎菲女士的日記』『我在霞村的時候』『太陽照在桑乾河上』などの作品がある。初期の作品においては、インテリ女性の自我の葛藤を鮮烈な筆致で描き、30年代からは革命と恋愛、戦争における人間像へと洞察を深めていった。

＊＊ 張天翼：(1906-1985) 作家、児童文学者。本名は張元定。南京に生まれる。早くから文学、絵画に関心を持ち、上海美術専門学校を経て北京大学に入学、のち左連に参加。国防文学論争では魯迅、胡風の側に立ち、抗日戦争中には『華威先生』を書く。児童文学開拓の第一人者でもある

＊＊＊ 蒋光慈：(1901-1931) 小説家、詩人。本名は蒋光赤。安徽省霍邱県の人。20年上海に出、陳望道の紹介で上海社会主義青年団に加入。モスクワの東方共産主義労働大学で学び、瞿秋白と知り合う。革命文学を提唱し、太陽社の一員として革命文学論争に参加。主要な作品に『少年漂泊者』『短褲党』など。

＊＊＊＊ 葉紫：(1910-1939) 本名は余鶴林。湖南省益陽の人。黄埔軍官学校武漢第三分校に学ぶ。1927年「馬日事変」後、流亡生活を送り、上海に至る。1932年より無名文芸社を組織、33年には中国共産党に加入し、同時に作品の発表を始める。短編小説集『豊収』『山村一夜』中編小説『星』など。

呉組緗*、1908-1994『一千八百擔』、『樊家舖子』、丁玲『水』）も同じように動揺と不安であって、粗暴な美に満ち、京派文学にある「郷土文学」の穏やかさ、静けさとは鮮やかな対比を為す。これらは「革命化した都市人」の眼に映った「郷村」であった。左翼作家は政治と芸術スタイルの急進的態度で、日ごとに政治化する都市の読者たちの支持を勝ち得て、上海文学市場のベストセラー作家となったのである。

都市風景線

　30年代、上海南京路一帯に、切り立つように林立する建築物、ブロードウエイマンション、競馬場ホテル、大新公司、パークホテル、再建されたグランド・シアター、百楽門ダンスホール、周囲の大小の銀行、会社、ホテル、ナイトクラブ、……これらは、目も眩むばかりの近代中国の商業文化と消費文化を象徴する景観であった。当時の中国全体を見渡しても、まさに空前絶後の上海都市文化の息吹を最も早く感じ取り、その全体の色彩、リズム、テンポを感知し、都市に生きる人々の真の生活体験を持つのが、施蟄存*（1905-）劉吶鴎**

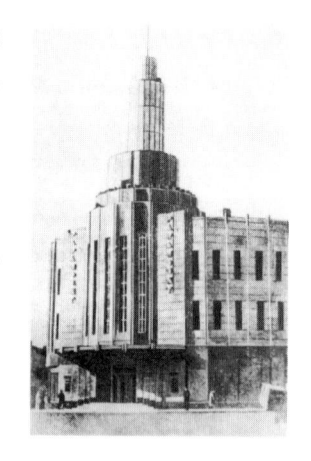

▲ 1932年開設された上海百楽門ダンスホール

---

* 呉組緗：(1908-1994) 作家。本名は呉祖襄。安徽省涇県の人。清華大学在学中から作品を発表。農村を描く新作家として文壇で高い評価を得る。共産党員を援助する一方、国防文学論戦に際しては、文芸工作者宣言に署名。解放以後は作家協会理事等の役職にあるが、創作活動からは離れ、清華大学、北京大学教授として古典文学研究に携わる。
* 施蟄存：(1905-) 作家、評論家。本名は施青萍。浙江省杭州の人。震旦大学在学中から戴望舒らと詩作を始め、32年「現代派」詩人を輩出した雑誌『現代』主編として活躍。解放後は上海師範大学教授として現代に至る。
** 劉吶鴎：(1900-1940) 本名は劉燦波。筆名は鴎波外鴎。台湾台南人。1930年に出版された短編小説集『都市風景線』は新感覚派の手法で、近代都市上海の生活、男女の恋愛を繊細に描いている。

（1900-1939）穆時英＊（1912-1940）ら、中国現代派小説の前衛であった。彼らは、『上海フォックストロット』『黒牡丹』『夜総会裏的五個人』『白金的女体塑像』（穆時英）『両個時間的不感證者』（劉吶鴎）『春陽』『梅雨之夕』（施蟄存）などの作品で、中国文学に未曾有の「都市」の風景を描き出し、三十年代の文壇と読者に、新しい刺激と衝撃をもたらした。「穆時英風」は、上海中の露店を席卷して、霞飛路の最新フランス式ファッションのように、上海消費文化の一部となったと言う。彼ら中国についに出現した「都市詩人」たちは、公に宣言した。「我々は、古い町に響くラッパの音を聞いたことはない。しかし我々は、戦慄と肉体の陶酔とを手にした。」彼らは近代的大都市の頹廃の中に「郷土中国」の持ち得なかった美を見い出したと言えよう。

　土曜夜の世界は、ジャズのリズムを軸に旋回する「回転画（カートン）」の地球のように、こんなにも軽快に、狂気じみて、地球の引力は消え、全ての建物が空中に舞う。
　「『大夜晩報』！」新聞売りの少年が青い口を開けると、青い歯と舌が見える。向かい側の青いネオンサインに映し出されたハイヒールのつま先が少年の口に突っ込みそうだ。「『大夜晩報』！」突然少年の口は真っ赤になり、赤い舌先が飛び出す。向かいのネオンサインの大きな酒瓶が葡萄酒を注いでいるところである。
　　　　　　　――『ナイトクラブの五人』

▲ 30年代は大衆宣伝メディアである映画事業が飛躍的な発展を遂げ、現代都市文化の重要な組成部分となった。図は1937年明星映画会社が撮影した映画『十字街頭』（総監督沈西苓、主演白楊、趙丹）の広告画。

　大都市を燃焼させる情欲に心酔し、官能的興奮に強く刺激されて、生命の活力に狂奔し、名声や社交界の絢爛たる美感に充ちて、罪深い物質

＊　穆時英：(1912-1940)小説家。浙江慈渓の人。資産階級の家に生まれ、上海で育つ。上海光華大学に進み、外国文学、特に日本の新感覚派の影響を受ける。29年『新文芸』に小説を発表。30年代にはその作風が一世を風靡する。代表作に『南北極』『公墓』『白金的女性塑像』『聖処女的感情』など。

的生活の圧制のもとでの人間性の破綻、幻滅の悲哀を感じ取っている。「上海よ。それは地獄の上に築かれた天国」と叫びながら、彼らは快楽の外殻のうちに、悲哀の面持ちを隠し、熱き喧噪の中に、外界と隔絶された孤独、生命の疲弊と失落を噛み締めるが、都市の現代哲学を生み出すことはなく、ただいち早く都市

▲ 書店に並ぶ色とりどりの「新感覚派」作家の作品

を感知し、日本と欧米の先覚たちを模倣したに過ぎなかった。

　実際に人々の注目を集めたのは、彼らが「新」と「異」を追求する形式上の実験であった。これはもともと現代文学自身の任務である。工業文明の産物を探し尋ね——つまり現代都市のイメージとの感性的な整合のあり方を探求することである。この一派の作家たちの特徴は「形式先行、輸入した形式や構成スタイルがあって、材料を探し求める。」やり方である。彼らは精一杯様々な現代的技巧を運用して都市の消費文化を見渡し、視覚、聴覚、嗅覚、味覚、感触の複合、五感、イメージ、情景の非論理的接合、時空の倒錯、潜在意識、深層意識の発掘、果ては、句点のない長いフレーズ、活字の字体を徐々に拡大するといった様々な言語スタイル、印刷スタイルの運用、……確かに文学の感性を活性化し、少なからず硬直化していた伝統文学模式に大きな衝撃を与えた。しかしこの種の形式的実験は、深い生命の体験を以てその内実とすることはなく、しばしば一種の「文化的貧血」を顕在化していた。

「芸術の北京」とその創造者

　幾年も幾年も、三合祥は、いつもお役所風にゆったりとしたたたずまいであった。黒地に金文字の看板、緑の格子戸、青い布で覆われた黒塗りの勘定台、大きな腰掛けも青い羅紗のカバーで覆われ、茶卓にはたえず生花が生けられていた。幾年も幾年も、上元節に四つの宮廷式燈籠が掛けられ、大きな紅い房が垂れ下がる時以外には、賑やかな売り買いの声が聞かれることもな

かった。幾年も、幾年も三合祥が守っているのは老舗の商いである。棚の上には吸いかけの煙管もなく、大声で話をする人もいない。わずかに響くのは、老いた店主の水ギセルをふかし咳き込む音だけである。

これは作家老舎*（1899-1966）によって描かれた北京である。老舎は紛れもなく北京の創造物である。しかし彼は改めて「芸術の北京」を発見し、創造したのである。このことによって、人々は北京を観るとき、老舎の眼差しを帯びざるを得ない。老舎の創造した祥子と虎妞、（『駱駝祥子』）、張大哥と老李（『離婚』）、および祁家の四世同堂の大院、小羊圏胡同大雑院（『四世同堂』）、裕泰大茶館（『茶館』）、そして老子号三合祥（『老子号』）、神槍手沙子龍の鏢局（『断魂槍』）、などは全て北京文化の有機的な部分を成している。もう一面で、老舎もまた「芸術の北京」を発見することによって、自己の芸術の個性を発見し、北京の形象を完成することによって、彼自身を完成

▲ 老舎　本名　舒慶春、字舎予、北京に生まれる。満州族出身の著名な小説家、劇作家。代表作に長編小説『離婚』『駱駝祥子』『四世同堂』『正紅旗下』および話劇『茶館』がある。

▼ 北京胡同の一角

---

* 老舎：(1899-1966) 小説家、劇作家。本名は舒慶春。北京の、満州旗人の家に生まれる。国文教師の傍ら英語を学び、24年ロンドン大学東方学院に中国語教師として赴任、ディケンズ、コンラッドなど英文学に親しむ中で創作を開始。帰国後は斉魯大学、山東大学の教授職に在って次々に作品を発表。38年、中華全国文芸界抗敵協会の総務部主任に選ばれ抗日活動に挺身。解放後は小説家から、劇作家へと転身。文革初期の66年に紅衛兵によって生命を奪われた。

させた。北京と老舎、町と人とが、互いに求め合い、幸いにして双方を見い出し、ついに生命の融合に達したのである。

　ある中国作家が言ったように、現代中国人(知識人)は、一種のホームシックに囚われて彼らの精神的故郷である「北京」を尋ね、発見したのである。そして、老舎が創造したのは、彼らの感情に最も受け入れ易い、「都市の外形を具え、郷村の様相を呈した、田園都市」である。先に少し引用した『老字号』の中の言葉のように、「北京」が具える時間の永遠性、そして名状しがたい壮厳さ、気概、落ち着き、自足、鷹揚で穏やかな「北京の風情」を会得させるものである。そこには中国伝統の精粋と魅力が濃縮されている。全ての中国人、とりわけ中国知識分子の心霊を永久に惑わし、それは一種の「うら悲しさ」、伝統美の「一たび去ってまた帰らず」という失落感を喚起する。老舎の創造した北京は、まさにそういった人々のために、いにしえの北京(いにしえの中国)の詩意と美をとどめており、この「最後の一瞥」は、人を尽きせぬ余情に誘う。

▲ 北京前門大柵欄の著名な老舗、瑞蚨祥絹織物店。

　真の語言芸術家として、老舎は「語言文化」の開削と精錬に最も力を注いだ。「言葉の芸術」と「食の芸術」は、北京文化の双璧である。北京の人間の文化的優越感を喚起すれば足るのである。老舎が言うには、彼の語言は、精粋を凝縮した原味を追求している。口語の質朴簡明さの外に、つとめて北京語の韻味を吸収した。老舎は、彼の小説のヒロイン小順児の母の北京語は「語彙豊富で、語調は儚く、清夜の拍子木のようだ。」と述べている。彼の語りもまた彼自身の言葉である。洗練されて、美しく、音声のかたちをとった音楽美を追求し、一種の「語言趣味」を為している。—ことばに「聞き入らせる」のはことばの「意味」よりも、更に重要な実感形式である。

　夜、人が寝静まるのを待って、沙子龍は戸を鎮して槍を取り上げ、一気呵成に六十四手の槍を使って汗を流した。それが終わると槍を元通り壁に掛け、天上の群星を仰いで独り静かに、その昔、荒林緑野の間を武者修行の旅をし

て廻ったことを回想して深い嘆息を吐き、指先でソッと冷たく滑らかな槍の柄を撫でなから但い声でいった。

「伝授はしない！　伝授はしない！」

——『断魂槍』

彼は脚が長く歩幅が広いうえ、腰も安定していて、駆けても物音ひとつせ

◀『駱駝祥子』舞台の一場面。北京人民芸術劇院 1957 年上演（改編、監督：梅阡、舒繡文が虎妞に、李翔が祥子に扮する）

ず、一歩一歩がしなやかで、梶棒も動かず、車の客は安全、快適である。止まれ、と言うといかに速く走っていても大股に軽く一歩二歩ゆくと止まることができる。力が車のすみずみに行き渡っているのだ。やや猫背かげんに、両手を軽く梶棒に添えて、生き生きと、きびきびと、正確に、残り時間が少なくて急いでいてもそうとは見えず、速くて危険がない。こうなれば人力車夫としてはかなりの引き手に数えられよう。

——『駱駝祥子』

「最後のロマン派」

世界の多くの作家は自分の河を持っている。マークトウェインのミシシッピー河、ゴーリキーのボルガ河のように。そして自ら「田舎者」の中国現代作家と称する沈従文には、辰河沅水があり、彼とその河について次のように描写している。

船の客室から長いこと水を眺め、わたしは心中突然、少しばかり悟ったよ

うだ。同時にまた、この河から多くの知慮を得たように思う。……わたしはそっと幾度も嘆息した。山頂にかかる夕陽は私を感動させる。水底の色とりどりの石も私を感動させる。私の心は何の滓澱もなく、明るく透明に輝く。河水に、夕陽に、船を漕ぐ船頭に、皆わたしには愛しく、とても暖かく愛しい。！……私は深い失望を覚える。私は深く見つめすぎると、自己に対して、罹災者となる。そんな時、私は軟弱になる。私が世界を愛し、人類を愛するために。

▲ 沈従文、本名沈岳煥、湘西鳳凰の人。著名な苗族の小説家。代表作に中編小説『辺城』『長河』短編小説『柏子』『蕭蕭』『八駿図』『丈夫』散文集『湘西』『湘行散記』『燭虚』等。

二千年前にもある偉大な詩人が、ここにやって来て、美麗神奇な詩編を綴った。屈原である。沈従文*は、はじめて彼を先駆者としただけでなく、彼を「地方の風景記録人」と呼んだ。逝くものはかくのごとしと言うべきか、二十世紀の三十年代、遠く漂泊した旅人は再び生命の源に返ってきて、歴史の「常」と「変」とを発見したのである。一方で、生命の神性は、依然としてこの神奇な土地に生きる人と自然の上に、ほとんど歴史の進展とは関係なくあった。もう一方で近代工業文明の衝撃の下で、人が堕落し、伝統的な道徳が喪失するのは、工業文明が必然的に直面する文化的結末であり、沈従文は、その変動過程で憂慮を生じ、生命への衝動を感じていた。また再び「この地方の風景記録人」になり、忠実に神性なる生命の壮厳さと美麗を記録することによって、健康で、自然で、人性にもとらぬ人生形式、情

▲ 辺城　黄永玉作

---

* 沈従文：(1902-1988)作家。本名沈岳煥。湖南省鳳凰県の人。漢、苗、土族の血を引く軍人の家に生まれ、14歳から20歳まで軍隊生活を送り、のち北京に出て創作に着手、新月派の代表作家となる。国立武漢大学、青島大学、北京大学の教授を歴任。

を重んじ美を愛する楚文化の伝統を現代に呼び戻し、新しい基礎の上に、民族の霊魂と民族精神を打ち建てた。

こうして、沈従文の筆によって、あたかも「水」の精霊の化身のような翠翠(『辺城』)蕭蕭(『蕭蕭』)、三三(『三三』)、夭夭(『長河』)……のような現代文明に汚染されない純粋な心霊と彼らの純粋な夢とが描かれた。

▲ 画家の眼に映った苗族の婦女：「灰色の群雲」 銭徳湘作

夢の中で霊魂が、美しい歌声につれられて浮かびあがり、ふわふわと軽やかに辺りを漂い、白塔に登り、菜園に下り、船に乗り、さらに懸崖の中腹に飛びこんで行く。――何をしに？虎耳草(ゆきのした)を摘みに！

――『辺城』

沈従文が永久に忘れ去ることはできなかったのは、もちろんこのように情深い水夫、情深い婦人の「吊脚楼(木で組まれた山小屋)風情」だった。

川岸の吊脚楼、暁の霧の中、婦人がかん高い声で人を呼んでいる。
まさにそれは音楽中の笙管のごとく、衆人を超越している。
川面に飛び交う音の全ては壮厳さと流動を織り成し、
全てが真に一つの聖域である。

――『一個多情的水手与一個多情的婦人』

▲ 「辺城」 黄永玉作。

どの家なのか、吊脚楼の軒下で小羊が鳴いている。強情そうな、物柔らかなその声は、聴く者を憂鬱にさせる。

――『鴨窠的夜』

47 ……3 規範の建立

普通の人々の日常生活の中に、生命の壮厳さと悲涼を発見している。

『月下小景』『媚金・豹子与那羊』『龍朱』『七個野人与最後一個迎春節』これらの伝奇小説の中で、沈従文は少数民族の神話と原始習俗の中に、人性の雄強、性愛の自由と健康を発掘し、処々に生命の神秘と美麗を暗示している。しかし作家として彼が神話英雄を「孤独の獅子」と呼ぶ時、人々はついに沈従文の内心に隠された憂鬱と痛みに触れるのである。それは近代文明に包囲された少数民族の孤独感であった。

あなたという、この政治には無信仰で生命に深い関心を寄せる田舎人は……ちょうど事業の準備をしているところである。そして一本の筆で、ロマン派の最後の一人が、二十世紀最後の生命に与えた形式を、しっかりと書き留めたい。……「神」が解体する時代にあって、改めて神を称揚したい。法典の壮厳さに充ちた、奥ゆかしい詩歌がその光輝と意義を失う時代に在って、つつしんで最後の叙情詩を捧げよう。
　　　　　　　　――『水雲――私はどのように物語を創造し、物語りはいかにして私を創造したか。』

中国のモダニズム詩人

一群の若い都市の詩人が『現代』(1932年5月創刊)という雑誌に集まったのをはじめに、以後『水星』(1943)『新詩』(1936)を代表とする一連の雑誌を世に問うた。中日戦争の前夜、これらのモダニズム思潮は最盛期に達していた。そのために1936年から1937年の間は、五四新文化運動以来の新詩発展の「空前の黄金時代」であった。

大都市の流浪者として、虚擬の彼岸にある楽園を牽引した詩人たちが現実の中に踏みとどまることは難しかった。都市と郷土、伝統と近代の間隙に生きた周縁人として、彼らは古い農業文明が工業文明に

▲フランスの詩人ボードレールの代表作『悪の華』中文訳の表紙。ボードレールは早くも「五四」時期から中国に紹介され、彼の『悪の華』は中国モダニズム詩人の創作を啓発した。

向かう転型期の歴史的陣痛を感受しただけでなく、ボードレールが描いたような都市文明の沈淪と絶望、ヴェルレーヌの詩にある頽廃と世紀末の情緒、理想と現実の衝突を体験したことが、彼らを内面の世界に向かわせることになる。新世紀の中国においても、この時は、かつてないほど詩芸の探索に専心した時期であった。晩唐詩歌の暗示的詩芸、感覚、情緒、幻境の偏重などが全て象徴主義詩歌と相互に呼応しており、中国のモダニズム詩人たちは、まさに西洋と古典詩学に対する融合の中に、自己の特色と風格とを形成していったのである。

『望舒草』の作者戴望舒*は、紛れもなく中国モダニズム詩壇の領袖である。本人がボードレールの『悪の華』を翻訳紹介しているにもかかわらず、彼の創作は一層明らかに恬淡、閑適な趣きを持つ後期象徴派詩人ジャム、グールモンと同様なものが認められ、ボードレールのようなあの冷酷さ、激しい自己譴責と分裂、内面に凝縮された自己への観照の中に、感傷的な自己愛の情緒を孕むものではない。彼が創造した抒情主体は、純粋に「はるかな国土を思う者」「夢を尋ねる者」であった。「私は片思いなのだと思う／でも誰を思っているのか知らない。」(『片思い』)詩人の筆下になる「永遠の苦役」といった放浪する「極楽鳥」のイメージもまた、中国モダニズム詩人の真髄を示した写実描写と言えるかも知れない。

▲ 戴望舒、本名戴夢鷗、浙江杭州の生まれ、有名なモダニズム詩人。代表作に詩集『我的記憶』『望舒草』『望舒詩稿』『災難的歳月』等。

　それは楽園からやって来たのか
　それとも楽園に返って行ったのか？
　艶やかな極楽鳥

---

*　戴望舒：(1905-1950) 詩人、本名は戴夢鷗。浙江省杭州の人。震旦大学卒業後、フランスに留学。象徴派詩人の影響を受け『小説月報』に作品を発表。『現代』を創刊して現代派の代表として詩作を続け、抗戦期には香港に住む。50年北京で病没。

果てない青空の中へ
ゆくさきを寂しく思ったのだろうか？
もし私が楽園から来たのであれば、
私たちにそれを告げてもよさそうなものだ。
艶やかな極楽鳥
アダムとイブが追放されてから
あの天上の花園はどんなに荒れ果てたのだろう？

――『極楽鳥』

『数行集』『音塵集』『魚目集』などの著書のある卞之琳*（1910-）は形式的実験に最も心酔し、最も成熟した技巧を持つ詩人とされる。彼は意識的に知覚と理念の平衡を、古典詩境と西洋詩学の融合を追求し、詩界に対して工夫を凝らす中で、明らかな知性的特徴と「非個人化」の傾向を帯びた。

彼は橋に立って風景を眺める。
風景を眺める人が楼上より私を見る。
明るい月あかりがあなたの窓を彩り
あなたは別の人の夢を彩る。

――『断章』

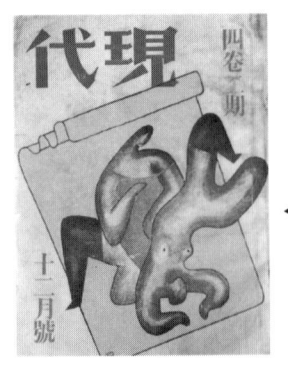

◀『現代』雑誌は1932年5月に上海で創刊され、1935年5月停刊。特にその中で新感覚派としての活躍が目だった小説家（穆時英、劉吶鴎等）またモダニズム詩人（戴望舒、李金髪等）の代表作は30年代において多大な影響を及ぼした。

* 卞之琳：（1010-）詩人、翻訳家。江蘇省海門県の人。北京大学英文科在学中に、イギリスのロマン派、フランスの象徴派の詩人に興味を抱く。戴望舒、馮至らと『新詩』を創刊。45年南開大学教授を経て、47年渡英し、帰国後北京大学教授、作協理事。詩集の他西洋文学の翻訳、研究著書も多数。

現代劇場芸術の成熟

　1936年5月、中国旅行劇団が上海で最も影響力のあるカールトン劇場で曹禺*（1910-）の『雷雨』を上演し、大成功を収めた。これは中国現代話劇史上最も重要な一時期であった。中国に独立した職業話劇団が生まれ、専門の話劇劇場が出来たことは、中国の都市の観衆がついにそれまで知らなかった現代話劇を受け入れたことを示している。

　曹禺は、もとより一人の思想的探索者であり、現実と形而上の二重の関心を具えた劇作家である。生命本性の一種言い表せない憧憬と誘惑から発して、転形期の中国社会における「人」の生存状態について、「人」としての生命の困惑をつきつめて観察し思索した。『雷雨』においては、彼は周公館の大家庭の中に、生命の「抑圧された情熱」を発見した。常軌を越えた欲望と欲望に対する常軌を越えた抑圧、両者の衝突がほとんど狂気じみた生命を惹起し、電光のように白熱し、爆発し、夏の日の雷雨のようにたちまち暗黒の深淵に滑り落ちる。周家の男女たちの中に、彼は生命の「葛藤」を発見した。誰もが忍び難い生存の在り方から抜け出すことを渇望しながら、自己を救う力はなく、ただ心の内に「幻影」を造り出すにすぎない。（それは周沖、周萍の四鳳に対する、ある時には、繁漪の周萍に対して抱く幻影である。）そして死に物狂いでそれをつかみ、知らぬうちにもっと恐ろしい罪悪を犯し、最後の破滅に至る。

　曹禺がその視線を現代大都市のホテルに転じた時（『日出』）、彼はそこで生

▲ 曹禺、本名万家宝、祖籍湖北賓江、天津に生まれる。著名な現代劇作家。代表作に『雷雨』『日出』『原野』『北京人』『家』がある。

---

*　曹禺：(1910-1996)劇作家。本名万家宝。本籍湖北省、天津で生まれる。南開大学、清華大学に学び、在学中に戯曲『雷雨』で文壇に登場。西欧の戯曲の影響が濃い作品から脱し、41年『蛻変』以降、抗戦期には民族的リアリズムへと転換を図る。演劇、映画の第一人者として一貫して指導的役割を果たしてきた。

北京人民芸術劇院　1955年曹禺が最初の院長となった。北京人民芸術劇院は劇作家、曹禺、郭沫若、老舎、監督焦菊隠、夏淳、俳優刁光覃、于是之、舒繍文等がみな力を合わせ、中国の民族的特色を備えた現代劇場芸術を創造した。陳禹撮影。

活する人々がみな幻影に惑わされていることに気づいた。自分の運命を支配していると思っていながら、実際には自分にもはっきり解らない力に支配され、翻弄されている。その後ほどなく創作された『原野』では、曹禺が人の運命の探求に向けられた重心が、人と自身との関係に向けられ、主人公仇虎が、血を血で洗う復讐を遂げた後、霊魂の分裂と葛藤に陥るのである。

　四十年代の『北京人』を書くにあたり、曹禺は伝統文化に対する歴史的観察に転ずる。彼は成熟をきわめた北京士大夫文化、悠閑、雅致、がかえって濃厚な寄生性を帯び、人の生存意志を消耗させ、人の生命の徹底的浪費を招き、真の堕落に導くことを発見した。

　曹禺は、また非常に創造性に富んだ戯劇の芸術家でもあった。一つ一つの劇作が全て芸術の新しい探索であり、試験である。彼はシェイクスピア、イプセン、チューホフ、オニールなどを融合させ、各劇流派の交流と総合を追求し、努めて二重のプロット、性格、内心の結合を

『雷雨』の舞台撮影。北京人民芸術劇院1989年上演。（監督夏淳、龔麗君が蘩漪を鄭天瑋が四鳳を演じる。）

実現しようと努めた。写実と写意、場面、性格を浮き彫りにしたような真実性と観念の抽象性、非写実的技巧との結合、具体的な場面で、戯劇的な生活の幻景の効果を追求すると同時に、全体として舞台の持つ虚構性の効果を追

求している。

　以上の二つの面において曹禺はそれ以前の、そして同時代の劇作家、戯曲評論家、監督、俳優、観衆をはるかに凌駕していた。中国の受け手は、自己の視野に照らして、長い間曹禺を現実に深い関心を抱くリアリズムの劇作家として偶像化し、曹禺の戯曲を「社会問題劇」と見なし、単純化された解釈を以て扱った。曹禺とその戯曲は、熱狂的に受け入れられ、また恣意的に去勢され、劇作家はそのために「熱狂の中の孤独」を感じるという、近代話劇史上の独特な文化現象を生んだ。

▲ 北京人民芸術劇院、1987年初演の「北京人」舞台。(監督夏淳、主要な配役羅歴歌、王姫、馮遠征など。)

　曹禺を継いで、最も影響力のあった劇作家として夏衍＊(1900-1995)がいる。彼は『上海の空の下』(1937)『法西斯細菌』(1943)『芳草天涯』(1945)の三大劇において鮮明に自己の芸術的個性を形成した。彼は終始社会歴史の大暴風中における人の心霊の振動を注視し、捕らえ、特に、一般の知識分子と小市民の平凡な人生を巧みに描き、平穏無事とも思える日常生活の中から、内在する悲劇性と喜劇性を発掘し、同時に芸術表現の簡潔さと含蓄、正確さとを追求した。夏衍の劇作は中国現代話劇の思想深度と芸術のレベルを向上させた。

◀ 著名な劇作家夏衍と彼の監督作品『西線無戦事』の宣伝ポスター

＊　夏衍：(1900-1995)劇作家。本名は沈乃熙。浙江省杭県の人。20年日本に留学。国民党に入党し組織部長として活動。国民党左派に属し、4・12クーデター後共産党に入り、上海芸術劇社や左連の執行委員として活躍。抗戦期、解放後を通じて映画・演劇活動で活躍した。

4 戦争年代

戦争と流亡

　第二次世界大戦の重要な戦場であった日中戦争は、一人一人の中国人、特に知識分子の記憶の中で、最初の空前の大流亡であった。国家、「家庭」もしくは「家族」を単位とする民族が、鴨緑江辺りから西南の辺境まで撤退する大流亡であり、知識人自身の生命の流亡である。泥沼を這い回り、飢餓に苦しみ、硝煙と銃弾の下で生命の意義を十分に噛み締めた、更に精神の流亡があった。戦争は中国の工業化、近代化の進展を中断し、ほとんど全てが壊滅した。人は戦争で全てを失い、まるで嬰児のように、ほとんど見知らぬ世界で生きなければならなかった。路翎*(1923-1994)は彼の作品で書いているように、まさに自己の運命に対する苦痛と焦慮から、彼の人物は慰めを求めて雪降る荒野をさまよい、湖、家庭で自己喪失を認め、この世界でただ凌辱され落ちぶれた者であることを認めると同時に、その湖の中に帰りたいと渇望

　＊　路翎：小説家。(1923-1994) 本名は徐嗣興。江蘇省蘇州の人。『財主的児女們』は巴金の『家』と並ぶ名作と評価される。胡風の主催する『七月』の代表的作家であったため、1955年胡風批判に連座。1980年に名誉回復後は、中国戯劇出版社編集、中国作家協会理事。

◀ 黄河激流図　民族救亡の戦争年代、全中国至るところに「怒れ吼えよ、黄河」の歌声が響きわたった。

▼ 蒋兆と流民図（一部分）(1942-1943年作)

▲ 沙汀が大後方を描いた著名な短編小説を改編したＴＶ劇『在其香居茶館裡』（四川電視台1994年制作）

する。(『資産家の子女たち』)ここにおいて、四十年代の現代中国文学はその中心イメージを確立する。スケールは壮大であり、豊かな意象を包含する原野、その原野の流亡者が当然中心人物である。同時に自分の時代の主題の類型も確立した。すなわち「追尋 —— 帰宿」。四十年代、戦争に身を置いた中国作家たちは自己の作品の中で様々なものを追い求め、氷解したように全ての矛盾と苦難を解決して「帰宿」する時、彼らは事実上新しい信仰と宗教を造り上げていたのである。この様に、四十年代の中国文学は、少なくともその主流派の文学は、ユートピア神話を生み出す戦争の理想主義とロマン主義に満ち満ちていた。まさにこの一点において、中国の「戦争文学」の基本的面貌が運命づけられたのである。

大地の子

　大地は私の母、……わたしは大地の氏族。
　……わたしは専らこの大地の歴史を書き残す為に生きているかのようだ。

　作家の端木蕻良＊(1912-)が四十年代に書いたこの「大地の誓言」は、この世代の知識人たちの「大地」と「自我」とが血縁関係を結ぶ生命の認識、哲学思考と見ることができる。

　彼はあたかも、呪文にかられたかのように、少しも躊躇することなく大海に向かって行った。大海は、ある渾然とした力で彼を溶かした。ある小さな旋回する渦の中に、彼は沈んで行き、そして見えなくなった。

▲ 艾青、本名蒋海澄、浙江金華の人、著名な詩人。代表作に詩集『大堰河―我的保姆』『北方』『黎明的通知』『帰来的歌』長詩『向太陽』等。

――『大地の海』

　詩の行間は「大地」に対する宗教的帰依にも似た神秘感に充ちている。端木蕻良の長編小説『科爾沁旗草原』『大地的海』『大江』においては、「大地」も「人」(農民)も全て抽象化され英雄化されている。

　もう一人の「大地」に対する倦まぬ歌い手は詩

▲「なぜ私の瞳は涙に濡れているのだろうか。なぜなら私はこの大地を深く愛しているから。」(艾青『我愛這土地』)「墾区記事」薛智撮影

＊　端木蕻良：(1921-)作家。本名は曹京平。遼寧省昌図県の人。清華大学在学中に北平左連に参加。抗戦期に蕭紅と結婚。重慶復旦大学教授を経て香港へ行き『時代文学』を編集。各地で創作活動を続ける。52年に入党。

人艾青*（1910-）である。彼の詩で最初に有名になった『大堰河、我が乳母』はすなわち「地上の一切を捧げる／わが大堰河のような乳母とその息子に」というように「乳母」（母親）と「土地」「農民」のイメージの重複は、艾青の詩の形象に、形而上的な哲学的意味を帯びさせている。抗日戦争の砲火の中で艾青は黄土高原を巡り、『北方にて』などの詩集で「土地—農民」の歌を唄った。

　雪は今中国の大地に舞い落ち、
　寒さは中国全土を封鎖する。

　このように心を大地に寄り添わせる吟遊詩人であり、彼の詩もその大地の魂のように博大、質朴、壮厳であり、言い尽くせぬ憂鬱を孕み、「悲傷な、遥かなる、苦しみと貧困の広野よ」という旋律が繰りかえしこだまする。彼の有名な言葉「なぜ私の瞳はいつも涙に濡れているのか？なぜなら、私はこの大地を深く愛しているから……」（『私はこの大地を愛する』）は幾世代にもわたって中国人の心の共感を呼び起こしたのである。

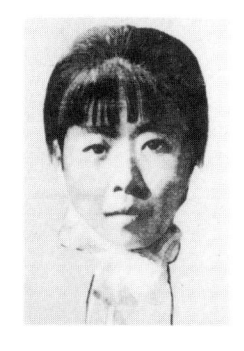

　女流作家、蕭紅*（1911-1942）にとっては、「土地——家園」は彼女の永遠の生命の黙示録であった。早くも三十年代、彼女は心を騒がす発見をしていた。一方に血が浸潤し汚れた黒土、すなわち「人」が永久に

◀ 蕭紅、本名張乃瑩、黒竜江呼蘭の人。著名な作家、散文家。代表作に長編小説『生死場』『呼蘭河伝』短編小説に『小城三月』散文集『商市街』等がある。

* 艾青：（1910-1996）詩人。本名は蔣海澄。浙江金華の人。フランスに留学後、早くから左翼芸術家連盟などの活動家として知られ、その詩には、ヴェルハーレンなどフランス象徴主義の影響が強い。延安文芸座談会に参加し、詩作における文芸講話の実践を担う代表的詩人。
* 蕭紅：（1911-1942）作家。本名は張乃瑩。黒竜江省呼蘭県の人。魯迅に認められ、『生死場』が世に出ると、高い評価を得た。西安で蕭軍と離別ののち、武漢で端木蕻良と結婚する。一連の作品は、強い望郷の念を基調とし、抗日文学として不動の地位を占める。

輪廻する「生と死の場」である。(『生死場』)四十年代異郷の大地を流浪し呻吟した孤独者、蕭紅は、更に現実と夢幻、現実と回憶、幼少期と成年期を、理性と情感の間をさまよい、「土地に生きる人」の宿命である、平凡、荘厳、温かさ、美麗、荒唐無稽、無力さ、悲涼を繰り返し感じ取り、吟誦した。彼女の作品『呼蘭河伝』『後花園』『小城三月』などは彼女の「テーマ」に属するものである。「呼蘭河という小城に私の祖父は住んでいた。」——この如何なる修飾も加えない原始的形態の「フレーズ」は元来蕭紅に備わった生命に対する直感的理解であり、田舎町と人、少女と老人、生者と死者、空間の永遠と時間の躍動、生命を継承し伝達することと、絆を断ち切り自由になること、その狭間には尽きない芸術的余韻が感じ取れる。この「生命の遺伝子コード」こそ蕭紅によって発見されたものであり、これによって蕭紅は自己の生命と文学の存在を獲得したのである。

　しかしながら、生活自体と、人の本性は、絶えず人を郷土の「彼方へ」遠く引き離して行った。そして、四十年代の多くの作家によって「流浪漢」(漂泊者、跋渉者)の形象が描かれ「遠くを凝視する」情調が現れた。作家駱賓基*はついに「郷親——康天剛」についての「寓言」を創造した。それは「地道に進もうとはせず、ひたすら高い理想に向かう」山東漢子であり、こんな台詞にも重みがある。「月があれば星をつみとろうとはしないさ。」故郷を追われ、関東に赴き、深山をさまよい、誰もその在りかさえ知らぬ老人参を摘もうとする。十七年がこのように過ぎ、康天剛は「一年ごとに老け込んでいった」ある夜になって、彼は「ひどく疲れ、目眩がした」が、それでも「帰ろう」とはしなかった。ずっと彼につき従ってきた「鳥耳」の犬が「突然鼻をならすと、傷を負ったかのように尻尾を巻いて、康天剛の肩をかすめるように、外へ出て行った。」康天剛は、ただその後を追い、見ていた。——

　月光は白く明々と、広々と果てしない夜空は、かくも清く静謐で、星座を陳列していた。遠く、近く山の峰々が美しい。康天剛は戸口でしばらくたた

＊　駱賓基：(1997-1994) 小説家。本名は張璞君。吉林省琿春県の人。36年上海に出て、一連の報告文学で認められ、世に出る。40年から桂林、香港、重慶で文筆生活を送り、『北望園的春天』『混沌』『蕭紅小伝』を発表。解放後は社会主義下の新しい農村を題材とする。

ずんでいた。鳥耳が二度軽く吠えるのを聴いた。鳥耳は遥か遠くから主人を注視していた。近寄るでも逃げ去るでもない。その切り立った崖に立ち、全く身動きもしなかった。

　ほとんど神秘の手に導かれるかのように、康天剛は二十丈もある断崖の下に千年の老人参を見つけた。そして「あたかも巨塔のように倒れた。」臨終の時、彼が永久に忘れることができないのは、鳥耳犬の最後の「埋葬」である。
　この美しくも荒涼とした物語は、ある時代の心理的追求に融和している。
　戦争中人々は「遠くに行く」こと「帰って来る」ことの間を常に徘徊していた。孤島上海に身を置く作家師陀＊（1910-1988）は、詩人の創造力を以て「生命があり、性格があり、思想があり、見解があり、情感があり、寿命のある」「果園城」を構築した。そしてこの「失われた楽園」こそが、その小説『果園城記』の真の主人公であると公言している。「私」はこのように遠方から帰って来る。大通りを行くと、犬が寝そべって鼾をかき、女性たちが昔のように隣人と語らっている。（『果園城』）家の中に入ると、部屋の調度品は幾年も前と全く変わりない。（『期待』）田舎町の古い住人たちに出会うと、生活の一つ一つが決まったやり方で進み、時間さえも凝結してしまう。（『葛天民』）「私」は急に気づくのだ。あれほど思い焦がれた故郷にとって、自分はすでに見知らぬ旅人に過ぎない。ただそそくさとやって来て、そそくさと去って行く、望郷の古い夢を埋葬して。（『吻』）「人」は事実上、抜け出すことの出来ない閉塞的空間に陥り、そことて心の安らぐ場ではない。この生命の寄る辺ない状態は、深刻な絶望であり、戦争の悪夢に魘されるかのように、骨身に滲みる悲涼と重圧を人々にもたらしたのである。

▲ 師陀作『果園城記』初版本の表紙。

＊　師陀：(1910-1988) 作家。本名は王長簡。河南省杞県化寨出身。北京に行き、九・一八以後学生運動に参加。『北斗』『文学月報』『現代』『文学』に投稿。『文叢』に『掠影記』を連載。長編小説『馬蘭』、短編小説集『果園城集』がある。

『家』と『資産家の子女たち』

まさに中国の大家庭とその子女たちの中国社会転換期における運命を、終始ただ一つの関心ごととして、かつ「現代長編家庭小説」によって、現代文学に貢献したのは、疑い無く巴金*(1904-)であった。彼の「激流三部作」(『家』『春』『秋』)は、四川成都の高氏大家族の盛衰史を呈示し、家庭内部のそれぞれの「生命」の成長と死の歴史でもある。巴金の筆下において「家」は生きる望みを扼殺し、人性を踏みにじる足かせであり、鎖であり、檻である。こういった微塵も曖昧さや、疑いを許容せぬ価値判断から出発して一連の二元的対立構造を演化したのである。「父」(高老大爺)と「子(孫)」(覚慧、覚民)の対立、不肖の息子(克安、克定)と反逆する息子(覚慧、覚民)の対立、「家庭」(高家)と「社会コロニー」(利群学社)の対立、「礼教」(馮楽山)と「犠牲者」(鳴鳳など)との対立など、前者は暗黒を代表し、後者は光明を象徴する、前者は必然的に衰亡し、後者は必ず勝利する。作者の愛憎も非常に鮮明であり、前者に対しては「私は告発する」と叫び、同時にまた「青春は美しい」と熱く宣言する。小説が書かれたのは三四十年代であるけれども、五四青春期の楽観主義と理想主義に充ち溢れ、後世の人から見れば一つの「現代神話」のようでもある。

▶ 巴金、本名李堯棠、字芾甘、四川成都生まれ。著名な小説家。代表作に長編小説「激流三部作」(『家』『春』『秋』)『寒夜』『憩園』散文集『随想録』

▲ 恭王府裏の庭園

---

* 巴金:(1904-)作家。本名は李堯棠。四川省成都の人。五四期、ナーキズムに心酔し、フランスに留学。29年に帰国後作家生活に入り、特に自伝的な題材を描いた『家』は青年層に支持を得る。『文学叢刊』主編を務め、中国文芸工作者宣言に署名している。抗日戦期の小市民群像を描いた作品は、作家としての成熟を示す。

ところで、小説中の「灰色人物」——「長男」高覚新は「家長」でもあり、「親不孝な息子」でもあるという家庭構造の両極の間にあり、現代と伝統両文化の中間的異界、動揺、二重人格、更に遠大な思想と芸術の生命力を備えている。そして作者高老大爺の臨終に際して、現実生活の論理が、彼の二元対立模式を打破する。「父」と「子（孫）」二代の間につかの間の理解が生まれる、作者は思わず知らずその挽歌を歌い上げ、更に読者の心を強く動かすのである。また作品の挿曲としての高家の日常生活、風俗の描写は、人に『紅楼夢』を想起させ、ひき比べて些か粗疎の嫌いはあるにせよ、『紅楼夢』とは異なる独自の価値を持つ。

　四十年代、また巴金は『寒夜』を書いた。小説の主人公、汪文宣の家庭は覚慧たちが大家庭を出て造った小家庭である。依然として二つの文化の衝突である「父」の世代（汪母）と「子」の世代（曽樹生）の衝突を内包するものの、作者はもう簡単に「子」の世代に加担するのでなく、双方に理解と批

▲ 巴金の同名小説を改編した映画『家』映画の一場面（上海映画制作所1956年出品、監督陳西和、葉明、孫道臨が覚新、張瑞芳が瑞珏に扮する。）

評を以て憐憫の眼差しを投げかける。汪家の反逆者曽樹生にとって、「家」はもはや暗黒の檻にとどまらず、自分に温もりを与え得る帰着点でもある。「社会」はすでに光明の化身、唯一の出路ではなく、また様々な危険に遭遇する。そこで彼女は「旅立つ」ことと「留まる」ことの間を徘徊し、「家を離れ」た後再び「帰って来る」。同時期に書かれた『憩園』では巴金は再び目を大家庭の「不肖の息子」に向ける。──克安、克定式の人物楊老三には更に理解と同情を向ける。

　これは多かれ少なかれ、ある時代の文化思潮変遷の行方を伝えている。民族の存亡がその他の一切の時代（中心）問題を圧倒した四十年代、「家庭」が内包する文化的な含意に少しづつ変移が生じ、ますます「伝統」の象徴となり、異郷に流亡した遊子たちの心の「故郷」となった。そこで林語堂＊（1895-1976）の『瞬息京華』のような「中国社会と文化の紹介」を目的とする家庭小説が現れ、小説の主旨は「個人は滅びても家族は永遠である」ことを語っている。老舎がこの時期書いた長編小説『四世同堂』でも中国伝統家庭に対して新しい理解と評価を与えている。小説中の四代の人々は、自己の文化に固執しながらも互いに寛容であり、家長の祁老爺子は、もはやいかなる専制的色彩も持たず、大家族の団結の中心、象徴となっている。小説のヒロイン韻梅が、道理をわきまえ、大局を見極めて、自己を犠牲にする精神、彼女が家庭から社会に関心を向けて行く精神的歴程は、作家の文化理想主義を表現している。

　路翎の『資産家の子女たち』は、四十年代もっとも注目を集めた長編小説である。小説の第一

▲ 路翎作の長編小説『財主底児女們』初版本表紙。

＊　林語堂：(1895-1976) 作家、評論家、言語学者。本名は和楽。父はキリスト教長老派の牧師。上海の聖約翰大学に学び清華大学で英語を教える。渡米の後、フランス、ドイツで言語学（中国音韻学）を修め、学位を取得して帰国。清華、北京、北京女子師範大学で教鞭を取り、五絲社に参加。のち『論語』『人間世』『宇宙風』を創刊して「小品文」を提唱し、多くの作品を発表。英語による著作も多い。代表作に『我国土、我国民』(My Country and My People)『瞬息京華』(Moment in Peking)など。

部は蘇州の蒋家という大家族の最後の崩壊の歴史である。第二部では「資産家の子女たち」としての中国現代知識分子の精神的歴程が展開される。蒋家の「裏庭」の静寂に包まれた生活は、依然として「回憶の神秘的源泉」であり、蒋家の最初の反逆児、五四時期に家を出た「英雄」蒋少祖は、ついに懺悔の念にかられて再び「帰って来る」。そして蒋家の息子蒋純祖は、戦争期に成長した世代として、現実に翻弄されて右往左往し、帰る場所を探し当てぬまま、永遠の「流浪者」となるのである。

生命の沈思

作家馮至*（1905-1993)について言うと、彼は大後方昆明の郊外にある営林場の小屋に居て、輝かしい壮厳な瞬間を体験し、生命と芸術について豁然と悟りを得たのである。原野を横切る小道に密生した小さな草、そんな平凡で素朴な存在が詩人に偉大な誇りを悟らせたのである。

◀ 馮至、本名馮承植、河北涿県の人。著名な現代作家。代表作に詩集『昨日之歌』『十四行詩』散文集『山水』及び中編小説『伍子胥』

　あなたに纏わり付く
　一切の形容、一切の喧噪が
　地に落ちて
　あなたの沈黙となる

　　　　　　　　　　　——『母子草』

＊ 馮至：(1905-1993)詩人、翻訳家。本名馮承植。河北省涿県の出身。北京大学在学中に創作を始め、浅草社に参加、沈鐘社を創設、魯迅から「優れた抒情詩人」と評価される。ドイツに留学し、文学、哲学を学ぶ。詩集、研究著作の他、ハイネ、ブレヒト等の翻訳がある。

変化の目まぐるしい戦争年代、詩人は、小さな昆虫が一度の交尾のあとその麗しい一生を閉じることに、生と死の転化の啓示を得たのである。

一つの歌曲のように
歌声は音楽の身体を離れ
永遠に音楽の形骸をそこに残して
黙黙とした青い山なみと化す
　　　　　　　　　──『如何にして私の身を離れたか』

　風雨の夜、詩人は小さな茅葺きの家に居て、狂風、暴雨を聴き、人の孤独、依存性、生命の儚さを思う。幾千幾百年も人に寄り添ってきた銅製の炉や陶磁器の壺でさえ千里万里の隔たりがあるのだ。

まるで風雨の中を飛ぶ鳥のように
それぞれ散り去っていく
　　　　　　　　　──『我々は狂風の中の暴雨を聴く』

同時にまた詩人に聞こえてくるのは

深夜に祈りを捧げる
切実な声を以て
私の狭小な心に
大いなる宇宙を与え賜え
　　　　　　　　　──『深夜そして深山』

◀ 林間の小屋
都会の人間は生活に追われ、雨風にも夜空の星にも感じる心を失い、煩瑣な生活に埋もれている。ここでは、自然界がその全てを現し、四六時中人に語りかける。まさしく雨風の音が全て耳に届き、ゆく雲や樹木の姿態までもが、人を深い思索に導く。

思慮深い詩人は、日常生活と自然の中に、その時代に属し、かつ時代を超越し、人々が容易に見い出し得ない哲理を発掘したのだ。そして定まった形式、確かな秩序にそれを収め入れ制度化された美を創出する。すなわち馮至の『十四行集』である。

　同時に営林場の茅葺き小屋で書かれたものに、散文集『山水』がある。依然として何の変哲もない原野の上、一本の樹木の姿態、消滅した山村など、素朴で実直で、歴史の重荷や人工的な修飾が感じられない。作家は「赤裸々に文化の衣装を脱ぎ去り、原始の眼差しで回りを眺め」はじめて人と自然、人と人との絆と調和、および自然化された人と人工化された自然とが共有する忍耐、沈潜、尊厳を見い出すのである。

◀「空を行く雲を、雲の描く美しい模様を静かに眺めている内に、次第に私たちを陶冶し、啓発し、改造し、遠くを眺めよ、堕落するな、自ら堕落するなと諭される。それこそが芸術家の最後の目的のように思えてくる。」——馮至『雲南看雲』
陳禹　撮影

　1942年、後に引けなくなった詩人は、意表を突くように中編小説『伍子胥』を書き下ろす。戦乱の時を経て後、古代の復讐、逃亡の物語が改めて著わされた、伍子胥は詩人のイメージの中で次第にロマン的衣装を脱ぎ去り、真に鍛え上げられた人となり、「現代的色彩を帯びたオデッセイ」となる。伍子胥が家を棄て逃亡したのは、生命の投擲に他ならず、その生命の描く弧線は、柔軟な人生を呈示している。小説は九章から成り、各章がそれぞれ人生の「刹那」であり、どの刹那にも停滞と失落、忍耐と克服の必要性が見え、生命はこのように地上に一つの長橋を架け、「負わねばならぬことを負う。」濃鬱な詩情と現代生命哲学の思考とが、渾然と溶け合い、流水のように澄み切った深奥な叙述の中に、安らぎの境地に達している。

これは永遠に色あせぬ一枚の絵画である。原野の中央、緑の草の中からすくっと生い立ったように一人の女性が一鉢の雪のような米飯を、一心に捧げ持ち、見知らぬ男の前にひざまづいている。彼は何者か？彼女は知らない。戦士のようでもあり、聖者のようでもある。鉢の飯を彼に食させる。あたかも土に種を一粒一粒撒いて、将来天を突くような樹木に育てるかのように。この絵は、あっと言う間に消えてしまう。──それは、しかし永遠に人類の原野に留まり、人類史の大切な一章となる。

──「第七章　溧水」

　『十四行詩』『山水』『伍子胥』は馮至の「三絶」と言うことができる。この「生命の沈思」は、他の人々と異なる戦争体験を呈示し、そしてその芸術の完璧で無垢な美しさは、四十年代のみならず、中国現代文学全体を見回しても、独異性を保っている。

もの寂しい手振り

　彼女の時代に相対した時、中国現代文学の全体像からは、1944年に出版された小説集『伝奇』とその作者張愛玲*はつねにひとつの「例外」とされてきた。彼女の特色は、ある種の周縁的な語りのスタイルを打ち出したことにある、という人もいる。戦争が彼女にもたらした「何もかもが曖昧で、縮籠もり、寄る辺ない」感覚に、また「もっと大きな破壊が必ずややって来て、いつの日か私たちの文明は、それが昇華しようと、浮薄となろうと、必ず過去のものとなる。」という感受性に忠実に、彼女は一切のユートピア的彼岸の幻想を拒否した。戦争中、庶民たちが少しでも確かなものに

◀張愛玲は言う「しかし私の心はやはり明るく澄み切った秋の空のようで、私は心楽しいのだ。」張愛玲像

---

*　張愛玲：(1920-95) 上海生まれ。香港大学在学中に日本軍侵攻に遇い、上海に戻り新進女性作家として、家、恋愛、などをモチーフに流行小説を世に送った。代表作に『傾城の恋』小説集『伝奇』散文集『流言』。

◀ 張愛玲が画家の炎櫻に依頼して作成した小説集『伝奇』の初版本（1944年、上海雑誌社版）の面扉。張愛玲が説明しているように、ここでは「晩清の当世風美人画の一枚を借用した。」「しかし欄干の外から、出し抜けに不釣り合いな人影が、亡霊のように立ち現れている。それは現代人が好奇心に満ちて倦まず中を覗き見ているのだ。もしこの絵が見る人を不安に感じさせるなら、それこそ私が創作において希求している雰囲気なのである。」

のに縋り付き、真摯に生きて来たという事実は、更に彼女が人生の此岸を把握し、「凡人は英雄よりはるかにその時代の力量を表す。」という歴史観の形成に啓示を与えた。ここにおいて四十年代の中国文壇は、戦争ロマン主義の理性の光輝のもと、多くの悲壮な戦争文学を得たと同時に、この「もの寂しい手振り」をも併せ持ったのである。

——世俗の人生に対する審美的、人性的、生命の体験と観察、そしてこのような体験（観察）は、歴史と現実のふたつの時空に連なってゆく。

胡弓がキィキィと奏でられ、万の燈籠が灯る晩、弓はゆきつ戻りつ、……（ここにあるのは）語り尽くせぬもの寂しい物語りである。

——『傾城の恋』

張愛玲の代表作『金鎖記』は「三十年前の上海、ある月夜の晩」から語り始められる。「三十年の時を隔て、辛苦の途を顧みれば、どんな美しい月であっても、その寂しさは覆うべくもない。」ヒロイン曹七巧のねじ曲げられた一生と彼女の「狂気」は、溯った時間のスパンの中で、殆ど原型の意味を引き寄せることにより、それが喚起するのは女性（人性）についての「古い記憶」である。

三十年前の月はもう沈んでしまった。三十年前の人も死んでしまった。しかしながら三十年前の物語りはまだ終わっていない。——終わりはしない。

張愛玲が発掘したのは、まさに時代を越えて「女性性」（人性）が具える「永遠」であった。

多くの新文学作家が通俗文学に相対して、それを蔑んだのと対照的に、むしろ彼女は、その背景としての上海商業文化（海派文化）や通俗文学について、好んで語っているほどである。彼女によれば「幼い頃から通俗文学の忠実な読者である。」彼女は、上海の街頭で売られているような小説『海上花列伝』や『歇浦潮』などを推し崇め「ずっと小説書きを職業としたいと願っていた。」彼女が最初に衆目を集めた作品『沈香屑・第一炉香』は上海の通俗文学刊行物『紫羅蘭』に発表された。最初人々は誰もが張愛玲を海派の通俗作家と見なしていた。しかし真摯に彼女の作品を閲読するならば、彼女が晩清士大夫文化が衰微する中、その最後の伝承者であり、上海通俗文学の才女と呼ばれた彼女が、内に秘めた古典筆墨趣味、生来の感受性に拠って真のモダニティを表現し得たということを認識できよう。張愛玲は全く自覚的にまた自由に「伝統」と「近代」、「雅」と「俗」の間を行きつ戻りつ、二つの均衡と疎通の域に達したことが、その特徴であり、彼女の現代中国文学に対する主な貢献でもある。

　四十年代の中国文学には、同じく反ロマン、反英雄的傾向の、銭鐘書＊(1910-)の長編小説『囲城』がある。作者が言うように「現代中国のある部分の社会、ある種類の人達を描こうとした。」ことがかえって「彼らが人類であることを忘れない。」ことにつながった。この中国作家は、中国知識人の生存の苦境を観察したうえで、更に全人類が直面する近代工業文明の遺憾な点、現代に生きる人々の人生の危機に関心を注ぎ、『囲城』のイメージを生み出した。人は既に「入り口とて無く、立ち去ろうにも出口の無い」窮地に陥っている。『囲城』という作品自体が、作家の人類生存の危うさと虚無に対する独特な反抗である。作者は傑出した機知と豊かな知識に裏付けされた文言の風刺的言語で、『囲城』を現代中国文学史上二つと無い純粋な個人の作品とした。

＊　銭鐘書：(1910-)作家、古典文学研究家。江蘇省無錫の人。清華大学卒業後、光華大学教授となり、その後イギリスのオックスフォード大学に留学。フランスを経て帰国。代表作に長編小説『囲城』短編小説集『人獣鬼』など。解放後、清華大学教授、社会科学院文学研究所（中国古典文学）研究員を歴任。

▲ 伝抱石「麗人行」（部分）（1944年）

▲ ＴＶドラマ『囲城』の一場面

戦争の廃墟に佇む「ハムレット」

　戦争は中国の詩人たちを死に直面させた。詩人穆旦*（1918-1977）は、暗く静まり返った原始林の中で熱病に耐え、八日間も食糧を断たれた経験を持つ。まさにこの様な生存の極限的情況は、デンマークの王子の「生きるべきか死ぬべきか」というあの古い命題を否応なく四十年代の中国詩人の頭上に

◀ 穆旦、本名査良錚、浙江海寧人、天津に生まれる。著名な現代詩人。代表作に詩集『探検隊』『穆旦詩集』等がある。

降臨させ彼らの思惟、心理、審美に深い影響を与えた。全地球的規模での戦争もまた、詩人たちをしてその感受性を直接、西方現代詩人たちと疎通せしめた。中国現代新詩は「総合」の基礎の上に更に深い変革を開始した。

　「これは死である。歴史の矛盾は私たちを圧した。」、穆旦の『探検隊』『旗』はまさに死と歴史の矛盾に直面して、斬新な抒情スタイルを打ち建てた。ロマン主義の自我と情感に対する迷信を打破し、穆旦は個体の感性的生命から出発して、自己の懐疑主義を打ち建て、壊滅の炎の中に、再び自己を発見した。それは不安定な点の上に立って、不断に分裂し、砕けた自我であり、永遠の矛盾の張力の上に存在する自我であった。彼は中和と平衡を拒絶し、方向の異なる様々な力の互いの絡み、衝突と分裂の中に、「十分な痛み」を獲得して、これを知性化し、抽象の引喩に近づけた

▲ 密林の中の兵士「捉蚤子」
　馮法祀 1942 年作

---

*　穆旦：(1918-1977) 現代中国の詩人、英文学者、ロシア文学者。清華大学入学、移転した西南聯合大学英文学科卒業。通訳としてビルマ戦線に従軍。シカゴ大学に留学し、天津南開大学に助教授として赴任。バイロン、シエリー、キーツ、プーシキン等翻訳も多数。反右派闘争、文革の中で不遇の晩年を送る。

抒情スタイルで中国の伝統詩学の規範を根本的に突破した。穆旦の詩歌の言語は最も旧詩詞の味わいが少なく、現代白話文を用いてそれを曲折、深化させて現代中国人のみが持ち得る現代意識と詩情を表現している。

あなたの目はこの火災を見ているが、
あなたには私が見えない、あなたのために火を点けたとしても
あの燃焼し続けているのは成熟した世代にすぎない、
あなたと私は、互いに連なる山々のように遠く隔たっている。

この自然の変化する秩序の中から、
かえって私はあなたを愛した。
たとえ私が泣こうと、灰となって、灰から再び生まれかわろうとも、
娘よ、それは神が自らを翻弄したにすぎない。

あなたの年齢に潜む小さな野獣、
それは春草のように呼吸し
それはあなたの色、香しさ、豊満さをもたらし
それはあなたを暖かい暗闇の中で狂気させる。

私はあなたの大理石の理知の殿堂を通り過ぎ、
そのために埋葬された生命を愛惜する
私とあなたの手が触れるところは一つの草原で
そこには野獣の意固地さと、私の驚喜がある。

▲ 1939年5月日本軍爆撃後の重慶市街

――『詩八章』第一、二章

　同じように戦争の廃墟に立ったある世代の詩人たちには、又それぞれ別の才能が見られる。穆旦の詩友杜運燮*(1918-)は孤独の中、「永遠に澄み切っ

---

* 杜運燮：(1918-)原籍福建古田の人。マレーシアに生まれる。昆明西南聯合大学外国文学語言系卒業。在学中にビルマに通訳として従軍。『大公報』編集。新華社国際部編集等。1940年から作品を発表。74年山西師範学院教授。詩集に『詩四十首』『晩稲集』などがある。

た豊かさ」を保持した、陳敬容＊(1917-)の貢献は、「全ての陰影の暗黒と重責を負い、運命の巨輪を背負う」「渡河者」となったことである。鄭敏＊＊(1920-)はリルケの影響を深く受け、彼女の詩作には一種塑像のような深さ静けさがある。

　私はかつて本当に安らかさを感じたことはなかった。
　私が樹木の姿態に感じるような
　そんな深さを。
　それは永遠にあのように祈り、沈思する
　永遠に静かな大地の上に育まれるかのように。

――『樹』

知識人の帰依

　三十年代にすでに濃厚な唯美主義的傾向の詩集『預言』と、散文集『画夢録』で文壇を震撼させた何其芳＊＊＊(1912-1977)は四十年代にある文章で、彼は「延安」に最後の帰着点を探し当てた、と宣言した。1942年に行われた延安文芸座談会の講話の中で、毛沢東は全国各地から延安に身を寄せた知識分子たちに呼びかけた。必ず換骨奪胎の改造を推し進めその立場を工農兵に近づけ、知識人と文学を「革命という機械の中の「歯車」と「ねじ釘」にする」

＊　陳敬容：(1917-1989)四川省楽山の人。北京大学、清華大学で聴講。重慶で『文史』雑誌と交通書局で編集ののち、46年から上海に出て、創作と翻訳に従事。48年『中国新詩』『森林詩叢』編集。詩集『交響集』『盈盈集』散文集『遠帆集』『星雨集』『陳敬容選集』などがある。
＊＊　鄭敏：(1920-)現代中国の詩人、評論家、英文学者。北京東城区の外務省高官の家庭に生まれる。西南連合大学を卒業後、重慶の通信社に勤務。48年渡米、52年ブラウン大学修士課程を修了。現在北京師範大学外国学部教授。詩集に『心象』『詩集1942-1947』などがある。文革以降、現在も国内外で活発な研究、批評活動を行っている。
＊＊＊何其芳：(1912-1977)詩人、作家、批評家。四川省万県の人。北京大学在学中から詩、散文の創作をはじめ、その作風は主知主義的で繊細。38年延安に赴き、魯迅芸術学院で教え、のち入党。批評家、文芸理論家として知識人への影響力が大きかった。抗日戦末期には重慶で文化工作に携わる他、「文芸講話」を擁護する立場からその理論的支柱を担った。

という形で知識人の帰依を実現させるというのである。

真にこの帰依を体現させたのは、紛れもなく趙樹理*（1906-1970）の創作である。趙樹理の代表作、短編小説『小二黒結婚』『伝家宝』のみならず、中編小説『李有才板話』にも人々は知識人の姿がないことに気づく。知識人が

▶ 趙樹理、本名趙樹礼、山西沁水の人。現代小説家。代表作に『小二黒結婚』『李有才板話』『登記』『三里湾』等。

作品の表現対象として消失したばかりでなく、農民（及び農民式の幹部）が当然の如く作品の主人公となり、また作家の精神主体、思想、経験、興味から、感覚、印象まで全て徹底して農民化、すなわち非知識分子化された。趙樹理は、「農民化」された文学範式を創造したと言える。また中国農民（中国の人口の大多数を占めるのに、中国近代化の歴史過程と今まで無関係であった）に非常に歓迎されたという点で大きな成功を収めた。農民の言葉を語る芸術家として、趙樹理の創造した口語化は、表現力に富んだ言葉で現代文学の文学語言に新鮮な活力を注入した。

孟祥英は野良仕事を終え、暗くなって帰ってきたが、姑は飯を食わしてくれず、夫は家に入れてもくれない。中庭の戸は閉められ、姑の部屋の戸は閉められ、夫の部屋の戸も

▲ 延安の毛沢東　「転戦陝北」石魯作

---

*　趙樹理:（1906-1970）作家。本名は趙樹礼。山西省沁水県の人。山西省立第四師範在学中から農民のための文学を志し、山西の雑誌に評論、小説を発表。解放区で文化工作に従事し、43年『小二黒結婚』『李有才板話』45年『李家荘的変遷』によって、民話的形式を文学に取り入れ、人民作家として不動の評価を得る。文革中に迫害を受け死去。

閉められ、孟祥英は独り中庭に立ち尽くした。隣家の嫁、常貞が彼女を見に来、姉も見に来、中庭の戸の外からこっそり声をかけたが、彼女は戸をあける勇気もなかった。常貞と姉は戸の外で忍び泣き、孟祥英は戸の内で忍び泣いた。それから彼女は軒下に座り、泣いているうちに寝入ってしまう。眼が覚めてみると、姑もぐ

▲ 1934年魯迅芸術文学院が延安広場で上演した秧歌劇『兄妹開荒』

うぐう眠っていれば、夫もぐうぐうと寝息をたている。中庭は静まり返り、満天の星が輝き、彼女の着衣は夜露でじっとり湿っていた。

——『孟祥英翻身』

▲ 1948年5月張家口で上演された歌劇『白毛女』

▲ 李季著 長編叙事詩『王貴与李香香』挿絵 彦涵作

　もう一人の小説家孫犁*(1913-)は、知識人の理想とロマン主義の視点から、根拠地の農民、特に女性に「美の極致」を見いだしたが、彼の美学観はむしろ醜悪なものは省いても、純化された美を追求するというものだった。

---

* 孫犁:(1913-)作家。河北省安平県の人。36年に小学校教師として安新県白洋淀にいたことが、作品の題材に大きな影響を及ぼしている。抗日文化工作に参加し、39年より本格的に創作に従事、その優美な文体、抒情性の高い作風が評価されている。

そして彼は思わず知らず彼の主人公である普通の農村の婦女を詩化し、さらには神聖かつ純潔なものとして描いた。

　月が昇ると、中庭は爽やかに、澄みわたって、昼間伐採してきた葦の茎は瑞々しく、筵編みにはうってつけだ。女性たちは中庭の真ん中に座り、その手指には柔らかく細長い葦の茎が絡み付く。葦の茎は華奢で細く、彼女たちの懐で跳ね上がる。……彼女は純白の雲の上に座して居るようだ。彼女は時折、淀んだ河の流れを眺め見る。その水の中にも一片の銀白の世界がある。水には一面の透明な霧が立ち込め、風が吹くと、新鮮な蓮の葉と花の香りを運んで来る。

——『荷花淀』

　知識人の帰依は、また民間文学、農民文化への帰依を内包するものであった。この時期最も影響の大きかった創作は、李季（1922-1980）の長編詩『王貴与李香香』、賀敬之＊（1924-）丁毅＊＊（1921-）の執筆した『白毛女』、孔厥＊＊＊（1914-1966）、袁静＊＊＊（1914-）の長編小説『新児女英雄伝』など、全て民間文学、農民文化の現代詩歌、戯劇、小説形式への浸透と改造と見なせる。もう一方で、これは民間の文学形式を利用し

▲ 陝北農民切り絵

＊　賀敬之：(1924-)劇作家、詩人。山東省嶧県の人。抗日救亡活動に参加。魯迅芸術学院に学び、45年『白毛女』を集体創作し、その著者として有名。
＊＊　丁毅：(1920-)山東済南の人。中国共産党党員。1942年延安魯迅芸術学院を卒業。1942年に創作を開始し、『白毛女』の創作にも関わる。1952年スターリン文学芸術賞受賞。
＊＊＊孔厥：(1914-1966)小説家。本名は鄭志万。江蘇省呉県の人。『抗戦日報』編集等文化工作に従事し、魯迅芸術文学院に学ぶ。1949年から『人民日報』副刊部編集。1964年より農村読物出版社。代表作に短編小説集『一個女人翻身的故事』『受苦人』等。
＊＊袁静：(1914-1999)本名は袁行規、袁行庄。江蘇省武進の人。中国共産党党員。1946年から作品を発表し始め、1949年より作家協会に入り『新児女英雄伝』等の創作に関わる。『芳芳和湯姆』で天津市魯迅文芸優秀作品賞を受賞。

て、革命宣伝、啓蒙教育を推し進める試みでもあった。『白毛女』にせよ『王貴与李香香』『新児女英雄伝』にせよ、いずれも民間文学にその原型があり、現在も「旧社会は人を幽鬼に変え、新社会は幽鬼を人に変える。」という新しいイデオロギーに賦与している。このような「革命の政治内容と農民（人民）に歓迎される民間形式の結合」が新中国成立以後の文学創作の典範となるのである。

5　謳歌と放逐

「さらば、スチュアート」

　1949年9月、成立したばかりの若い共和国が「どちらに向かうのか」という新しい歴史的選択に直面していた肝要な時期、アメリカを中心とする西方世界は、冷戦の世界戦略から、新中国に対して、政治、経済、文化にわたる大封鎖を実施した。毛沢東*（1893-1976）はこれに激しく反応した。彼は『さらば、スチュアート』

▲ 開国大典（董希文1953年作）1949年10月1日、毛沢東天安門の城門で宣言した「中国人民はついに独立を果たした。」

---

*　毛沢東：(1893-1976) 中華人民共和国主席。湖南省長沙の人。42年5月「延安文芸座談会における講和」を発表し、文芸の大衆化と知識人の自己改造を提示した。後にはその路線が絶対化され、創作の題材や形式の範囲が定められた。

を著し、西方世界が徹底的に決裂すること、並びに「一辺倒」つまり、政治、経済、文化全面を社会主義の方向に向け、ソ連一辺倒の戦略方策を打ち出した。これより、中国は西方世界と隔絶した情況の下で、工業化、近代化実現の道を歩む。文化思想面においてはマルクス・レーニン主義を強調して、ソ連の社会主義文化が絶対的な指導的地位を占めたと同時に、ソ連共産党文化界の首領リタノフスキーの理論に基づき、「資本主義上昇時期」の十八、十九世紀の西方人文主義文化を批判的に受容するのみで、「資本主義没落時期」の二十世紀西方現代文化を断固として拒絶した。このような文化的選択は、五六十年代の封じ込めの中で成長した中国知識分子の文化的教養、精神的素質に深遠な影響を生じた。

▲ 王進喜を代表とする大慶石油労働者は毛沢東の樹立した「国家の富強」「自力更生」の尖兵であり、五六十年代の中国人にとっては英雄であった。

　西方世界の封鎖に直面して、毛沢東は、民族独立、主権、自尊を擁護する民族主義の大旗を高く掲げた。彼は声高く叫ぶ。「封鎖するがよい。五年十年と封鎖しているうちには、中国の問題は何もかも片がつく。中国人は死をも恐れないのになんで困難を恐れよう。……アメリカなしには生きていけないというのだろうか。」彼は中国人民（知識分子を含む）の眼に真の民族英雄と映じた。西側の封じ込めに直面して、反帝愛国の伝統的知識分子（多くの自由主義知識分子を含む）は、毛沢東を中心とする中国共産党の指導を受け入れるほかに選択の余地は無かった。そして、建国初期の「洗澡運動」、抗米援

▲ 毛沢東と延安文芸座談会に出席した作家の記念写真。彼は強調した「文芸をうまく革命機構の一部とすることができれば、人民を団結、教育し、敵を打倒、消滅させるための有力な武器になる。」

朝時期の「仇米、蔑米、反米」教育を経て、中国の大陸知識分子たちは全面的帰依を実現する。

「計画化」の軌道

1945年6月2日、延安の『解放日報』は、文芸界における党の指導者、周揚*の『政策と芸術について』という文章を発表した。それは「新社会制度のもとで、現実の運動は、もはや盲目的、無秩序な、終わりの無い運動では無く、意識的で目的を持った計画的な工作過程に変わらなければならない。」と強調した。これには当然、文芸運動も含まれる。周揚の文章は当時ほとんど注目されなかったが、次第に全国に新社会制度が建立され、その基盤が堅固となるにつれ、中国の知識分子と作家は、文芸創作もまた「意識と目的と計画を持った工作過程」に成ることの本当の意味を、次第に悟るようになる。

それは、まづ作家の非職業化である。建国初期、毛沢東は作家を含む知識分子を「全て包摂する」政策を公布した。長い間、生活のあてもなく、動揺と不安に身を置いていた中国知識分子は、これによって国家の俸禄を得、生活の保証を得ると同時に、「自由職業」という独立した経済的地位を失ったのである。

毛沢東が「階級闘争を要綱とする」国策を次第に実行に移したため、文学芸術もまた「階級闘争のバロメーター」と見なされるようになった。更に「文学芸術は必ず党の絶対的指導と監督の下に置かなければならない。」という要求が提出され、文学芸術創作問題は、中共政治局から各級党組織に

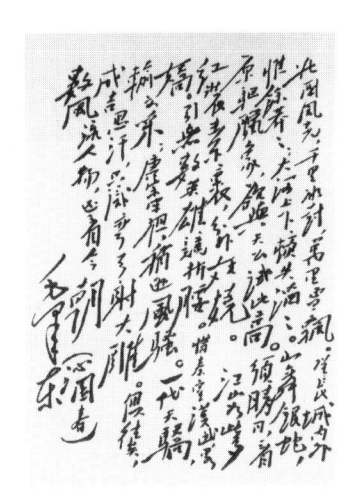

▲ 毛沢東自筆『沁園春 雪』

---

* 周揚：(1908-1989) 評論家。本名は周起応。湖南省益陽の人。中国共産党員。1928年上海大夏大学を卒業し、日本に留学。帰国後左聯の指導者となる。35年からは国防文学を提唱し、抗日統一戦線結成を目指したが、魯迅の批判を受け、国防文学論争が起きる。解放後、文化、思想政策の最高責任者の地位に在って、多くの公的論文を発表。

至る議事日程に組み入れられ、国家計画の重要な一要素ともなり、「計画化」の軌道の中に収められた。全組織的な文芸方針、文芸政策から、具体的な創作の題材の比重、作家の創作方式、創作方法に至るまで……、全て明確な規程が定められ、次第に一つの創作模式を作り出し、有形無形に影響を及ぼし、作家の創作を制約した。文学作品の出版、発行からあらゆる伝播メディアが例外なく国家の計画軌道に組み入れられたため、文学作品の「生産」（作家創作）から、「消費」（読者受容）までの回路網が作られ、全面的計画化コントロールが実現するようになった。

頌歌の高唱

　計画化生産体制内において「頌歌の高唱」が中国作家の職責となり、——毛沢東が早くから宣言していたように、「人民の功徳を頌歌したがらぬ」者は人「革命隊伍の中にいる獅子身中の虫に過ぎない、革命人民はこのような「歌い手」を必要としない。」

　作家は自己を「戦士化」し、また詩人を「人民（階級）の代言人」「時代精神の化身」と想像することによって、「詩人の「自我」を階級、人民の「大我」

▲「江山如此多嬌」伝抱石、関山月作

と結合させた。「詩学」と「政治学」の統一は、「詩人と戦士の統一」の「詩（政治）の信仰」でもある。対象を英雄化、神聖化すると同時に自我をも英雄化、神聖化する、これは正に「造神」の文学である。

こうして中国の詩人たちは、全民族のユートピアを言祝ぐ歓喜の祭りにも、自分の同胞が流刑、監禁されているときも、常に歌を歌い続けた。これは「天国」と「地獄」の狭間の永遠の「歌い手」である。

詩人たちは努めて「頌歌」の芸術を追求した。彼ら中国の伝統的頌歌――「賦」の、排比、対偶、鋪陳など豊富な形象をつくり上げた。また情感の揺れ動く変化を、鮮明なテンポ、リズミカルな音韻の中に組み入れた。民歌、民族古典詩歌を吸収し、国内外の革命詩歌の伝統の基礎の上に、詩人たちは「政治抒情詩」と「生活牧歌」という二つの頌歌の形式を作り、『放声歌唱』（賀敬之）『甘蔗林――青紗帳』『林区三唱』（郭小川）、『天山牧歌』（聞捷）らの代表的詩作が生まれた。

▲ 郭小川の長編詩『日下』挿絵　張徳育、趙志方作

詩人郭小川*（1919-1976）の創作集には、このような頌歌作者の内在的矛盾、困惑、葛藤が現れている。五十年代初期の、「投入火熱的闘争」「向困難進軍」などの詩作によって以後の「政治抒情詩」の伝統が開かれただけでなく、郭小川が中国新詩壇に地位を固める基礎ともなったが、詩人本人は、「文学に欠くべからざる個人の独創性」の欠如のために、大いに不満を感じた。そこで、個人の感受性から出発することを堅持し、詩人は五十年代中期

▲ 大躍進民歌選集『紅旗歌謡』（郭沫若、周楊編選）挿絵:「唱得幸福落満坡」（古元作）

---

* 郭小川:（1919-1976）詩人。本名は郭恩大。河北省豊寧県の人。学生時代から抗日運動に参加。延安のマルクス・レーニン学院に学ぶ。主に理論宣伝工作に従事。抗戦期から詩を発表し、政治抒情詩に新境地を開いた。55年に書かれた「投入火熱的闘争」は、青年に大きな影響を与えた。

の反右派闘争と大躍進に対して最初冷淡な態度をとった。しかしすぐに失った「戦士」の敏感さと情熱から自己を譴責し、又ほとんど贖罪に近い心情を抱いて、慌ただしく『射出我的第一槍』と『県委書記的浪漫主義』を書いた。しかし全民族の熱狂が、失敗を招くと、また詩人としての反省にかられ、『致大海』、『望星空』を書いて、「個体」と「社会（宇宙）」の関係を探求し、両者の間に不完全さを見つけ、「失望」を感じる。同時にまた、この「失望」に対して本能的な恐怖と拒絶を表す。詩人が同時期創作した長編叙事詩『白雪的賛歌』『深深的山谷』『一個和八個』は、また更に進んでその筆づかいを、人の複雑で豊富な精神世界に向けている。詩人の、この様な内心の矛盾を掲示する試みは、手厳しい批判を受けて以後、又外部の現実世界の謳歌に転じる。六十年代の『祝酒歌』『厦門風姿』『郷村大道』などは、全て「精神的な戦争年代への回帰の召喚」であり、また一層形式的実験を重んじ、明らかな「葛藤」の痕跡を示すものである。文化大革命中、詩人は心身に大きな衝撃を受けた情況で、精魂こめて『万里長江横渡』のような頌歌を書いた。しかし「頌歌を奉ずることも一つの特権」であった時代に在って、詩人はついに歌唱を公開することを禁じられ、ただ自分の歌声を非合法ルートで伝承することしか出来なくなる。──彼が唄うのが依然として「戦士の頌歌」であったにしても。

聞いてもらいたい、これはあの戦士たちの
どれも心の底から湧き出した言葉、
団泊窪、団泊窪、あなたは本当に
それほどに静かなのですか？
　　　　　　　──『団泊窪的秋天』

革命英雄伝奇

　五十年代後期、長編小説『創業史』（柳青）『赤旗譜』（梁斌）『林海雪原』（曲波）『青春之歌』（楊沫）『紅日』（呉強）が前後して出版され、六十年代にまた『紅岩』（羅広斌、楊益言）と『李自成』第一部

▲ 長編小説『紅岩』（羅広斌、楊益言著、中国青年出版社1961年出版）表紙

(姚雪垠)を世に問い、新中国の文学は収穫の季節を迎えることになる。

これは「歴史の創造者」を自認する世代の人々がその階級的歴史と現実の業績を、はじめて大規模に計画的に復元するが、それはイデオロギー的自負に充ちた叙述であり、それを借りてすでに行われている事業の合目的性と規律性を証明し、それにより勝利者の歴史を一層英雄化、神奇化の光彩一色に塗りつぶすものであった。作家と評

▲ 梁斌の同名長編小説を改編した映画『紅旗譜』の一場面(北京映画制作所1960年撮影、監督凌子風、主演崔嵬、蔡松齢等)

論家はこれを「革命的リアリズムと革命的ロマンチシズムの結合」という創作方法の偉大な勝利と呼んでいる。これは封鎖された言語環境の中、強烈な民族主義情緒を抱く世代の人々が、中国伝統文化を直接継承した、はじめての芸術的試みであり、人物塑造、小説構造、文学言語で自覚的に中国伝統文学中の「英雄伝奇」を手本とするばかりでなく、歴史意識においても、重大な歴史的事件を真っ向から取り上げる場合も、五四以来の「革命史詩」伝統を継承し、これにより文学の「民族化」と「群衆化」の努力を極限まで推し進めるものであった。これは更に計画と目的を持った「革命伝統」の創造であり、確認であり、伝達であった。

作家は自己の作品の中に、イデオロギーの理想と標準

▲ 新中国においては伝統演劇に対して「古いものの良さを新しいものに生かす。」という改造の試みがなされた。図は京劇芸術の大御所梅蘭芳が演じる『覇王別姫』の一場面。梅蘭芳が虞姫に、袁世海が覇王に扮する。

◀ 少数民族の民間芸術も発掘整理された。図は嶺格薩爾王(チベット族布画)

に符合する新道徳、新しい価値観念の「新人」(「新英雄」)を創造し、国家、社会および政党はあらゆる組織の力を動員して、全ての伝播ルート(出版、評論、映画への改編、中学の教科書に至るまで)を通じて、これらの新人(「新英雄」)の形象を識字者、文盲を問わず幅広い群衆に普及させ、数億数万の人々の思想と行動に直接の影響を与えた。楊子栄(『林海雪原』)、朱老忠(『紅旗譜』)、江姐、許雲峰(『紅岩』)、梁生宝(『創業史』)林雲静(『青春之歌』)……は新時代の革命英雄伝奇中の人物となり、中国の民間伝説的な故事の三国、水滸の英雄と同じように、誰もが知り、代々伝え、「革命教科書」の役割を充分に発揮し、「計画化された文学」の特色を一身に体現していた。

文学の受難者

1955年5月16日、共和国主席の命令にもとづき、公安部は秘密の内に、著名な文芸批評家、詩人の胡風*(1902-1985)と彼の妻を逮捕した。相次いで捕らえられ入獄した「胡風反革命集団」のメンバーとされたのは作家路翎ら92人、この案件は2100人にまで及んだ。

◀ 胡風、本名張光人、湖北蘄春人。著名な文芸理論家、詩人。代表作に文芸理論、評論集『論民族形式問題』『論現実主義的路』『密雲期風習小集』詩集『為祖国而歌』等。1955年5月「反革命」罪で捉えられ入獄、1979年無罪釈放、獄中で20年余りを過ごした。

胡風と彼の友人たちは政治的な反対派ではなかった。胡風は常に中国共産党を擁護し、毛沢東を崇敬し、生涯変節することはなかった。彼らはイデオロギー上の異分子でもなかった。同じく確固としたマルクス主義者であり、ただマルクス主義哲学と文芸思想に彼独自の異なる理解を持っていただけで

---

* 胡風:(1902-1985)文芸理論家、詩人。本名は張光人。湖北省蘄春県の人。北京大学予科、清華大学に学び、日本に留学。慶応大学に進学し、同時に日本のプロレタリア作家との交流を深め、左連東京支部を組織、帰国後左連宣伝部長、書記を歴任し、理論面で活躍。マルクス主義のリアリズム論、主観論を展開して、抗日戦期にも知識青年に大きな影響力を持った。解放後、胡風批判によって逮捕され以後20数年の獄中生活を送った。

◀ 著名な女性作家『莎菲女士的日記』『太陽照在桑干河上』の作者丁玲は「右派」の嫌疑をかけられてから、1958年より北大荒(黒竜江省の荒地)に下放された。図は1960年冬、黒竜江農場牧畜隊で、教員をしていた丁玲。丁玲(前列中)と他の教員と学生の記念写真。

ある。彼らは一群の全き「文学の受難者」であった。そしてこれにより始まったのは名実ともに「文字の獄」であった。1957年反右派、1959年反右傾、(闘争)により多くの知識分子、作家が「言論罪」「文字罪」で入獄し、流刑に処せられた。1962年の所謂「小説を利用した反党」『劉志丹』の案で12,000人余りが連座した。

受難者たちは、たとえ監禁中に在っても、思想の自由の追求と文学に対する忠誠を堅持して、胡風、聶紺弩*(1903-1986)らはみな「獄中詩」を書いた。これら人民の口承で伝えられた「地下文学」は、陽光のもとでの頌歌、史詩とともに共和国の文学景観を成している。

竟に萬言を挾みて萬里を流る
敢えて孤胆を擎げて孤城を守らん
愚忠は怕れず刀を迎え笑う
巨犯は何ぞ妨げん？銬を帯びて行かんを
假理は既に理有るを装ふ
真情豈肯て情無きを学ばん？
花は破曉に臨みて衷より放ち
月は宵に到るも残れり分外に明らかなり

――胡風：《次原韻報阿度兄》十二首の一

◀ 自身も「右派」とされた画家丁聡が同じく「右派」の雑文家、詩人聶紺弩を描いた漫画「老頭上工図」

* 聶紺弩：(1903-1986)作家、古典文学研究家。本名は聶衣葛。湖北省京山県の人。黄埔軍官学校、モスクワ中山大学を経て、渡日。胡風らと知り合い、左連の指導下に「新興文化研究会」を組織。抗日戦中は編集など文化工作に従事。解放後右派分子として、文革中にも批判されるが、79年に名誉回復。

爾が身は在ると雖も爾が頭は亡し
老いて刑天の夢一場を作る
哀しきことは心の死せざるより大なるは莫し
名は曽て羞を鬼と光を争う
余生豈に毛錐の誤りを更めんや
世事は難し血圧と商らん
三十万言の書甚（何）を説かん
如何んぞ力めて疾まん又周揚をや

—— 聶紺弩：《血圧》三首之二

台湾郷土文学と現代派文学

　二十世紀中国社会と歴史の紆余曲折に充ちた発展は、中国新世紀文学の一部を成す台湾文学に特殊な意義を賦与した。二十年代台湾郷土文学の創生と魯迅を代表とする五四新文化運動とはその根源から血縁関係にあり、同時にまた植民地の政治文化背景のもとでの台湾本土そのものの性質の発掘でもあった。「台湾新文学の父」と称揚される『乳母』の頼和*(1894-1943)は、すでに台湾新文芸園地の開拓者であるとともに、台湾郷土文学の創始者でもある。まさにこの様な意味で頼和は、「台湾の魯迅」と呼ばれるのである。頼和によって基礎を築かれた郷土伝統は楊逵*(1905-1985)を

◀ 台湾「郷土文学の父」と呼ばれる鐘理和とその創作『原郷人』扉絵

---

*　頼和：(1894-1943)台湾作家。本名は頼河。台湾漳化の人。台湾総督府医学校を卒業。1919年黄朝群、張我軍とともに台湾白話文学運動を起こす。1934年「台湾文芸連盟」委員長となる。1926年『台湾民報』に新文学運動の第一作となる『闘閙熱』を発表する。以後、多くの小説、詩を発表する傍ら、後身となる新文学作家を育てた。その作風は民族意識が強く風刺的である。日本当局により二度投獄される。

**　楊逵：(1905-1985)台湾小説家。本名は楊貴。台湾台南の人。日本に留学し、共産主義運動に加わる。1927年台湾に帰国し、『台湾文芸』編集。『台湾新文学』『一陽周報』を創刊。49年国民党政府により投獄され、61年に出獄。その作品は民族主義的色彩が濃く、台湾郷土文学の代表的作家の一人。

経て、四五十年代の呉濁流と鐘理和の筆下で成熟に至り、七十年代の王文興、陳映真では広範な反響を得た。

呉濁流*（1900-1976）の名前は、彼の1945年に脱稿した長編小説『アジアの孤児』と切り離せない。小説は台湾が歴史の孤児として淪落した五十余年の植民地としての生涯を一編の「雄壮な叙事詩」として描いている。『アジアの孤児』もまた一つの象徴的イメージに昇華され、台湾人の自身の歴史的運命に対する共通の理解となっている。

台湾文学の郷土的傾向は、本土土着文化と地域的特徴の重視に限定されるものではなく、広義上、大陸の母体文化に対するアイデンティティの認識と望郷の念を包括するものである。

▲ 楊逵、台湾郷土文学の基礎を定めた一人。30年代後期に小説『模範村』及び『鵝媽媽出嫁』で名を馳せる。図は1982年楊逵が訪米した時、77歳の誕生パーティーで。

鐘理和**（1915-1960）の小説『原郷人』は、大陸という歴史が古く広大な郷土との、未だ切れない血縁関係を証明するような数代の台湾人の形象を概括している。長編小説『笠山農場』は、台湾の郷土農民の非情史である。

陳映真**（1937-）は、「台湾郷土文学のもう一つの旗幟である。」彼は現代派から郷土文学への転向を経験している。この種の転向は、モダニズム的傾向への自覚的反発であり、西側の工業およびポスト工業文明の衝撃に直面し

---

*　呉濁流：（1900-1976）小説家。本名は呉建田。台湾新竹の人。総督府国語学校師範部を卒業後、公立学校の教員となり、詩作をはじめる。苗栗詩社、大新吟社に加入。36年処女作『水月』を発表。41年より新聞記者に転じる。64年『台湾文芸』を創刊。長編小説『亜細亜的孤児』、『無花果』『台湾連翹』の他『呉濁流作品集』（6冊）がある。

**　鐘理和：（1915-1960）小説家。祖籍広東省梅県。私塾で古典小説と新文学を学ぶ。38～46年まで大陸で生活の後、台湾に帰る。45年短編小説集『夾竹桃』を北京で出版している。その後肺結核を病み、病苦と闘いながら執筆に打ち込む。台湾を代表する郷土文学作家の一人。主な作品に『笠山農場』などがある。

**陳映真：(1937-)小説家、批評家。本名は陳永善。台湾台北の人。1961年淡江文理学院卒業。66年『文学季刊』を創刊し、リアリズム文学を主張する。84年には「第三世界文学論」を提唱するなど批評活動も常に注目される。小説集に『第一件差事』『将軍族』『夜行貨車』『華盛頓大楼』など。

た自己の民族性に対する固守である。1983年に出版されたシリーズ小説集『ワシントンビル』には、西方の経済文化に対する内憂感が全体に浸透しており、郷土は既に鋳型に押されて心の片隅にあり、更にその作品世界のある種象徴的存在になっている。初期の郷土文学中の覚醒的意識と相比べると、陳映真の時代の郷土傾向は明らかに、二十世紀以来の、人類が自分の帰着点を捜し求める普遍的な焦慮の心情を織りなしている。

　今世紀中葉以前の台湾文学と、大陸文学の発展は相似的軌跡を辿る。しかし中葉以後、大陸文化が西方とのつながりを断つに至る一方で、台湾は現代派文学の興盛時期を迎える。このような現代主義的傾向は、大陸現代派の残照でもあり、大陸と隔絶後、西方文明に希望を託し、帰依を求めた時代思潮の反映でもある。詩歌の領域では、三四十年代に「路易士」の筆名で大陸の現代詩壇で活躍した老詩人、紀弦（1913-）が、1953年に『現代詩』季刊を創刊し、続いて「現代派」が成立した。覃子豪*（1912-1963）等の人は「藍星」詩社を創始した。同じ時期、洛夫らは「創世紀」詩社を発起した。これらの文学活動はついには、余光中、鄭愁予ら重要な詩人たちを育成することになる。

　余光中（1928-）の詩は、多種の芸術空間を有し、伝統的イメージと西方モダンの感興を融和させ、地域文化の重層面、超越した歴史に関心を注いだ。1974年彼は『白玉苦瓜』を創作し、「不朽の業績」と賞された。

光陰を越えた奇異な光の中に
熟してある、ひとつの自足した宇宙よ
幸か不幸にか、この嬰児は
全大陸の愛を一身に集めた一房の苦瓜。

　鄭愁予*（1933-）は「中国的な中国詩人」と称された。彼は1954年に書いた

---

*　覃子豪：(1921-1963) 四川省広漢県の人。北平中法大学政法学院に学び、日本の中央大学に留学。のち台湾に渡り、1951年より『新詩周報』主編。鍾鼎文、余光中とともに藍星詩社を創立、社長を兼務。詩集に『自由的旗』『生命的弦』『永安劫後』『海洋詩抄』『向日葵』『画廊』『未名集』など。

*　鄭愁予：詩人、評論家。(1933-) 本名は鄭文韜。山東省済南に生まれる。（原籍河北省寧河県）少年時代を北京、長江の南北、台湾で過ごす。台湾中興大学を卒業後、アイオワ大学に留学し、修士号を取得。現在はエール大学東アジア言語文学系で教鞭を取る。

『あやまち』で一時期大いに評判となった。

　わたしは江南を旅行く
　季節の中で心待ちにするのは、蓮花の如く花開き散る姿
　……
　タッタッという馬蹄は美しいあやまち
　わたしは帰郷者でなく、一介の過客だから。

　婉曲で複雑なイメージ、含蓄があり洗練された心緒が鄭愁予の風格を形作っている。洛夫*(1928-)の詩歌の中には更に際立ったモダニズムの傾向がある。「石室之死亡」には一連の生と死によって敷衍化される二元的イメージが堆積している。

　白木蓮の枝に宿る喜び、
　庭に充ちる純白な死の声は穏やかで、
　まるで孔雀の冠のようだ。

　現代派小説の領域では、代表的作家として、陳若曦、於梨華、欧陽子と白先勇がいる。於梨華*(1931-)は、「留学生文学の開祖」である。彼女の長編小説『又見棕櫚、又見棕櫚』の主人公牟天磊は、「根無し草世代」の縮影である。彼の身には、初代留学生の海外創業の苦難に充ちた足跡が凝集している。根無し草の深い寂寞と望郷の念が刻まれている。二つの文化を照らし合

＊　洛夫：(1928-)本名は莫洛夫。湖南省衡陽に生まれる、48年湖南大学外文系に入る。翌年国民党の軍隊とともに台湾に渡る。軍隊で翻訳官、英文秘書などを歴任、台湾に渡り、淡江大学英文系を卒業すると同時に退役。1954年に『創世紀』詩刊を創刊、東呉大学外文系教授、現在中国華僑大学客員教授。詩集に『石室之死亡』『因為風的縁故』『月光房子』などがある。
＊　於梨華：(1931-)台湾女流作家。上海に生まれ、台湾に渡る。台湾大学外文系卒業後、ロスアンジェルス州立大学で修士号を得、アメリカで教職に就く。1980年に香港天地図書公司より『於梨華作品集』が出版されている。故郷台湾を背景にした家庭や愛情の問題、アメリカ滞在の知識分子の生活などが多く題材となっている。

◀ 白先勇、広西桂林に生まれる。台湾の著名な小説家。代表作に小説集『紐約客』『謫仙記』『台北人』長編小説『孽子』等。

わせて、小説に深い文化的奥行きを賦与している。白先勇＊（1937-）は、永遠という主題を執拗に探求した、歴史感豊かな小説家であり、同時にまた「根無し草世代」の代表作家である。彼が留学生を題材とした小説『シカゴの死』『謫仙記』中では、民族伝統と西方文化の多くの価値観念の衝突を更に意識的に考察している。彼の成熟期の小説集「台北人」では再び台湾生活に照射し、取り上げられた人物は殆どが大陸からの移民であり、過ぎ去った輝やかしい記憶の中に生きている「原郷人」の形象である。文化上の郷愁、観念の衝突、生と死の逼迫が『台北人』の核心的主題である。1977年の長編小説『孽子』では、さらに視線を微妙な同性愛の領域に向け、人性に対する新しい深い探索を始めている。

◀ 『鹿港小鎮』『現像七十二変』『飄来飄去』で、国内外で好評を博した羅大佑は7、80年代台湾流行歌壇の名手であった。彼の歌曲は濃厚な憂いと郷愁、都市の漂泊感と強烈な反文化情緒に満ち、郷土社会がポスト工業社会へと転換する時期の台湾青年たちの人生体験と心の歴程を凝集していた。

通俗小説の歴史的発展

　通俗小説は二十世紀初頭より、ずっと文学史を貫通する糸口を作りあげて来た。それは都市文明と市民趣味に適応し、商業性、娯楽性、文学性を一身に集めた文学形式であり、民間文化形態に属していた。世紀初頭に興った「鴛

＊　白先勇：（1937-）台湾作家。広西軍閥の白崇禧将軍の子として、桂林に生まれる。香港を経て、台湾へ渡る。台南成功大学、台湾大学に学び、留米、カリフォルニア州立大学教授となる。台湾大学において『現代文学』雑誌を創刊し、作品を発表。1981年には広西人民出版社より『白先勇小説選』が出ている。

鴛蝴蝶派」から、五六十年以後の香港、台湾地区における新派武俠、恋愛小説の出現、通俗小説もまた自己の方式で「文学現代化」の歴史変革を推し進めて行った。

同時期の知識分子のエリート文化としての「新文学」とは異なり、通俗小説は思想啓蒙の文化的背景と動因を欠いていたが、それは終始、読者の審美心理、趣味の歴史的変動とこれに呼応した文化市場の需要変化とを自身の変革の動力とした。それは、伝統文化と外来文化との関係、文学とその時代との関係という重要な文学課題を扱う上で、「新文学」のような急進的態度を取らず、終始穏健で、保守的な「漸時的変化」の体裁を取る。よって、二十年代、五四新文化運動がやっと興ったばかりの時、「鴛鴦蝴蝶派」を代表とする通俗作家群は、白話文を用いて書いていても、その文学観念、内容と形式、趣味の上では比較的旧文学の刻印を留め、「新文学」とは対立面を成していた。三十年代、上海を中心とする近代都市文明の新しい発展に伴い、鴛鴦蝴蝶派の通俗文学は次第に、新文学の個性解放の新思想を吸収した。九一八事変以後、通俗小説が時代の変動に対して見せた迅速な反応は、新文学作家さえ舌を巻くほどであった。文学の表現形式においては、それは外国小説と新文学を意識的に鏡としたが、着実か

▲ 張恨水の『啼笑因縁』初版本表紙

つ重要な変化も見られた。この基礎の上、張恨水*（1895-1967）のような社会、恋愛小説の大家が誕生した。彼の通俗小説には、質的に新しい変化が認められることから、研究者の中には、彼と鴛鴦蝴蝶派作家とを区別すべきと考える者が出て来る。

三十年代に出現した張恨水の『啼笑姻縁』フィーバーと同時に、平江不肖生（1890-1951）**が1923年に創作を開始した『江湖奇俠伝』がブームを引き

---

* 張恨水：(1895-1967)作家。本名は張心遠。安徽省潜山県の人。鴛鴦蝴蝶派の代表的作家であるが解放後も作品を書き続け、特に章回小説『啼笑姻縁』は通俗性が受けてベストセラーとなった。

** 平江不肖生：(1890-1957) 本名は向愷然。湖南省平江の人。1916年、『留東外史』を出版し、名を成す。1920年代に、旧派武俠小説の代表的作家となり、作品に長編の神怪武俠小説『江湖奇俠伝』、『近代俠義英雄伝』などがある。

起こして十年の歳月が流れていた。平江不肖生の武俠小説には新しい要素が現れており、四十年代には更に一歩発展を見せる。還珠楼主*、宮白羽*(1899-1966) 鄭証因**(1900-1960)、王度廬**(1909-1977) を北派四大家と言う。中でも指揮を取るのは還珠楼主で、『蜀山剣俠伝』(1932-1946) は20年にも及ぶ代表作である。上述した作家の創作から明らかなように、武俠小説伝統の模式内部でまさしく意味深い変化が起こり、現代人の新しい思惟方式、世界に対する感じ方、審美趣味が出現しはじめ、未だ萌芽状態にも関わらず、以後の更に大きな変革を孕み、ついには五六十年代の金庸に代表される「新派武俠小説」の出現を引き起こすのである。

金庸**(1924-)の武俠小説の画期的意義と価値は、まさにその「現代性」にある。彼が小説に打ち立てた「江湖世界」彼の塑像した「大俠形象」、蕭峰(『天龍八部』)楊過(『神雕俠侶』)郭靖(『射雕英雄伝』)、令孤沖(『笑傲江湖』)にせる、いずれも「現代の息吹」を伝

▲ 金庸、本名査良鏞、浙江海寧人。「新派武俠小説」の代表作家。1955年から1972年の間に十五部の武俠小説を創作、代表作に「神雕三部曲」『笑傲江湖』『天龍八部』『鹿鼎記』等。

えていないものはない。人類いにしえの英雄の夢の、工業社会における延長、

---

* 還珠楼主:(1902-1961) 本名は、李善基。四川省長寿の人。1930年代、旧派武俠小説の代表。主な作品に『蜀山剣俠伝』『青城十九俠』がある。

* 宮白羽(白羽):(1899-1966) 本名は宮竹心、祖籍は山東東阿、天津に生まれる。武俠小説の名著『十二金銭鏢』は1943年までに16巻が出版された。

** 鄭証因:(1898-) 本名は汝霈。証因は号。天津の人。1940年より北京で執筆に専念。代表作に『鷹爪王』、三部作『武林俠踪』『鉄傘先生』『雲中雁』などがある。その作品は武術の繊細な描写に優れる。

** 王度廬:(1909-1977) 本名は葆祥(のち「翔」と改名)。北京の貧しい旗人家庭に生まれる。国民政府南遷(1928年)後、北京『小小日報』社長宋心灯と知り合う。33年以後日本軍が河北に迫る中、流浪生活を余儀なくされ、西安で『民意報』編集。代表作に『古城新月』『虞美人』『風四傑』『香山女俠』『落絮飄香』など。描写にはフロイトの心理分析の影響が見られるという。

** 金庸:(1924-) 浙江省海寧県の人。本名は査良鏞。新派武俠小説の第一人者。1955年『書剣恩仇録』で名を成し、1973年『鹿鼎記』で筆を置く。伝統小説の継承に、雅俗結合を実現したとして高く評価される。

そして世俗社会に籠絡される現代人が時空の制限を越えようとする代替投射を反映している。そして虚構の、現実を超越した江湖世界は、則ち人類永遠のユートピア幻像の本能が現代文明において体現された姿であり、それによって人性に固有の好奇心と幻像力が満たされるのである。「大人の童話」としての金庸の武俠小説は、このような意味で新世紀における中国文学の芸術的想像力の造詣を物語る。

　金庸は武俠小説の集大成者である。漢民族の文化史において悠久の歴史を持つ俠客精神と武学の伝統は、彼の筆下において中国の歴史、哲学、宗教、そして芸術の背景と渾然一体となった。蕭峰の「為すべからざるを知りて為す」は、儒家精神の反映であり、令孤沖の自由な人性と隠遁の色彩は、また道家的傾向を体現している。金庸の小説中の核心的観念は、一種の人生憂患の意識である。「生に何の歓びが、死に何の苦しみがあろう。我世人を憐れむ、憂患実に多し。」(『倚天屠龍記』)の慷慨悲歌の背後には仏家の大慈大悲という精神的内核が深く浸透している。それが金庸の小説を人生に対する哲学的な悟得の境地に向かわせている。

　金庸は武俠小説の文学的地位を築いた。言語芸術の上で、彼は現代漢語と明清白話、文言とを集約して融合し、また古典詩歌からも情緒やムードを移植し、深い学殖に裏打ちされた典雅で含蓄あり肌理細やかで流暢な言語を自ら作り上げた。金庸はまたスケールの大きな構図の構築、とりわけ戦場の場面などクライマックス・シーンの描写に本領を発揮した。彼の作品は厳粛な文学と通俗文学の間にある境界線とジャンルの別を取り払い、武俠小説を純文学の芸術殿堂

▲「書攤文化」は世紀末中国大陸の通俗文化と市民文化の重要な現象であった。図は北京街頭の書攤。

に登場させた。彼の小説は彼の時代、中国語圏で最も多くの読者を獲得していた。「凡そ中国人、華人のいる所には、必ず金庸の武俠小説有り」と言われた。金庸はまた自己が立脚する規範の突破者でもあった。彼の最後の作品『鹿鼎記』（1969-1972）では、主人公は一変して、妓院の出身から任俠の世と宮廷に紛れ込んだ無頼漢である。芸術風格から言うと市民劇が変化して悲喜劇と結合した形である。それは渡世人の世界へのやむなき挽歌である。この様な反英雄反武俠的傾向は、二十世紀の人類文明における悲観主義と懐疑主義の深刻な反映と言えよう。

　古龍*（1937-1985）の武俠小説は、金庸に比べると更に西方文学の影響を多く受けている。彼が人性の神魔統一に向ける豊かな探索は、最も深刻であり、構造上ほとんど金庸の描いたような人生啓悟の成長模式を退けており、主人公は登場するや天賦の本領を発揮して、任俠の世界は善悪の相克のない紛糾の渦に巻き込まれる。言語上、古龍もまた新しい規格を創造した。彼は段取りを回避し、簡潔なフレーズで小説の極限状況にストレートに迫り、成熟期の言語は一層すっきりと明快であり、啓示と哲理に富み「古龍体」と呼ばれ、恋愛派小説家、亦舒の創作に影響を与えた。古龍の代表作には『多情剣客無情剣』『陸小鳳』『絶代双驕』『楚留香伝奇』等がある。

◀ 大漠荒原、深山古寺、蒼崖険峰……は武俠の典型的な文学シーンである。金庸の小説『笑傲江湖』の別冊図版「華山南峰」

　梁羽生*（1922-）は金庸、古龍とともに三者が鼎立し、新派武俠小説の開

---

* 古龍：香港に生まれ、台湾に渡る。18歳から武俠小説を書き始め、香港映画の脚本も多く手掛けた。西欧的エッセンスを取り込み、武俠小説に魅力的なキャラクターを生み出した。
* 梁羽生：(1926-)香港の小説家。本名は陳文統。広東省蒙山の人。嶺南大学卒業後、香港『大公報』で英文翻訳、副刊編集等に当たる。1950年代武術ブームに沸く香港で『龍虎闘京華』の連載が始まる。1962年より専業作家となる。作品に『白髪魔女伝』『塞外奇俠伝』『七剣下天山』など。

山の祖である。代表作に『萍従侠影』『雲海玉弓縁』等がある。

「台湾に瓊瑶あり、香港に亦舒＊あり」恋愛小説では瓊瑶と亦舒が益々多くの読者を獲得した。瓊瑶＊(1938-)は、繊細婉曲な抒情的筆致の中に、ひとつの純粋な愛情神話を織り成した。濃鬱な詩意と古典主義的雰囲気を備え、少年少女の情感世界の安らぎと帰依を構成した。中産階級の審美趣味である以上、彼女が人性を深く抉り出すことには限界があった。亦舒 (1949-) の恋愛小説は、更に現代的色彩を帯びる。彼女の筆触は現代人の情感世界の深層にまで伸び、悲哀に満ちた愛情体験と揺れ動くモダンな感受性を相互に織り成し、大都市に生きる境遇の複雑かつ変幻な人性を掲示し、商業文明に対する感性心理の断面に、深刻な開削を施している。風雲変幻の都市の風景と互いに表裏をなしているのが、彼女の簡潔明快で躍動性に富む言語風格である。

十年の大災禍

1966年8月23日、北京成賢街の孔廟の中で、火炎が天を焦がした。数千数万の古今東西の書籍が焼き払われ、老舎をはじめとする百名にも登る中国作家たちが、この燻る烈火の際へと追いやられ、残酷な迫害を受け、これを囲む「見物人」は黒山の人だかりとなった。——これが「革命」の名のもとに「人

▲ 1966年夏、紅衛兵は「四旧を打破する」を掲げて大量の書物を公衆の面前で焼き払った。

＊ 亦舒：(1946-) 香港の小説家。本名は倪亦舒。浙江鎮海の人。雑誌、新聞記者、シナリオライターなどを経て専業作家となる。科学幻想小説で知られる兄の倪匡、武侠小説の金庸とともに、香港文壇を代表する恋愛小説の大家。

＊＊ 瓊瑶：(1938-) 台湾小説家。本名は陳喆。原籍は湖南省衡陽。1949年上海から台湾へ。高校卒業と同時に専業作家となる。台湾で最も多作な女流作家の一人。作品に『窓外』『六個夢』『烟雨濛濛』『幾度夕陽紅』『紫貝売』『我是一片雲』『秋歌』『聚散両依依』など。

民群衆の狂歓節」という形で出現し、紅衛兵によって執行された二十世紀の「焚書坑儒」であった。8月24日、老舎は太平湖に身を投げた。彼は「文化大革命」の祭壇に捧げられ、最初の犠牲となった作家である。

　ここから中国知識分子と中国人民の十年の災禍がはじまった。極「左」派たちは過激な革命的態度で古今東西の一切の既成の文学の形態、文学の言語、を掃討し、一切の人が独立して思考し創造する権利を剥奪し、伝統破壊の廃墟の上に「無産階級の模範文芸」を創造し、八億の人民を唯一の思想、模範様式、言語に統一した。「模範」文芸の理論原則においては、創作模式として「三突出」が採択された（全ての人の中で正面人物が突出し、正面人物の中では英雄人物が突出し、英雄人物の中でも主要英雄人物が突出する）、文芸舞台の上に建立された、「主要英雄人物」（主流イデオロギーの敷衍化物）の絶対的な統治的地位によって思想、文化の「全面専政」が実現した。しかし「模範」文芸の創作実践は、京劇の『紅燈記』『智取威虎山』『沙家浜』ばかりか、更にバレー劇『紅色娘子軍』でも事実上十七年の「革命英雄伝奇」の基礎を離れていない。かつ「革命内容」を外来形式、民族伝統形式と結合させ、これにより既に、革命精神に育まれた中国観衆の中に強烈な反響を巻き起こした。

　文化革命中にはまた「地下文学」も存在した。様々な人達、――発話の権利を剥奪された往年の知識分子、心をねじ曲げられ、ついに覚醒した若い世代が、自己の独立思考を始め、激情のロマン、極端な独断、虚勢を張り、リズミカルで、形式化、模式化された「文革の語り」とは対抗するもう一つの言説を創造しようと試みた。

太陽は、拳法家のように、飛び越えて行ってしまった
残された少年は
憂鬱な向日葵に向き合う

　　　　　　　　　　　　　　　　　　　　　　――多多：『夏』

無情な悪ふざけにいやというほど逢って
私はもう自分を人と思わなくなった
私は一匹の狂犬のように
あてもなく人の世をうろつく

——食指：『狂犬』

◀「文化大革命」中一世を風靡した
「革命模範劇」『紅燈記』の写真
（浩亮が鉄道員李玉和に扮する。）

6 文学の帰来

八方から吹く風

　1976年の文化大革命の終結によって、文学は再び新しい復興の時代に入った。五四新文化運動の切り開いた新しい文学伝統の更なる継承であり、数十年にわたり隔絶されていた西方文芸思潮の広範かつ深い導入と吸収、文芸本体に対する鋭意な探求、が復帰した文学の全体を導く特徴である。

▲ 7.80年代の過渡期、中国という古く広大な大陸は改革開放の歴史的時代への呼びかけを始めた。図は北京市民と各地から集まった群衆が街頭画展を見ているところ。

　七十年代末、八十年代初めの思想解放運動は、ひとつの開放的な歴史時期を招いた。中国の社会政治生活は再び世界全体の歴史過程に組み入れられ、同時に中国の文化建設も二十世紀の全人類文化体系の中の一つの組成部分となった。それは八方から風の吹き込む時代であり、文学芸術の発展に対して

一つの多元的文化空間を提供した。一連の西方二十世紀の人文科学における成果と文学芸術作品が翻訳紹介された。サルトル、カミュの実存主義からフロイトの精神分析に至るまで、ショウペンハウアー、ニーチエの生命哲学からマックスウェルの新感性主義に至るまで、カッシーラの文化哲学からフッサールの現象学まで、西方現代人文科学の成果は中国の思想界に大きな衝撃をもたらした。文学芸術の領域では既に西方二十世紀の現代主義思潮及びポストモダニズム的傾向の共時的吸収、また直接にはソビエト文学とラテンアメリカ文学から衝撃的な影響を受けた。世界文学思潮においては、百年の長きにわたる演変史をほとんど全て十年ばかりの短い間に再演したのである。それは中国文学に新鮮な外国の滋養を与えたばかりでなく、中国作家は目眩くばかりの世界文学の衝撃の中で、為すすべもない感があった。

▲ 1978年有名な指揮者カラヤンが北京で交響楽を指揮した。

中国作家の世界的視野の獲得に伴って、文学に関する観念の領域は根底から変化した。文学思潮においては、文化意識、人類意識及び個体生命体験の覚醒を体現し、創作技巧の側面では文学本体と審美価値の自覚的追求となった。意識の刷新が復帰した文学の実践過程に常に付きまとった。一つの思潮が充分に沈殿しないうちに忽ち、新しい探求に追い越され、慌ただしく上滑りで深入りしないことが、この時代の文学の特徴である。同時にまた急激な変革を遂げた商品経済時代の方向性にも適応していった。このような傾向は文学が世紀末の転換点に近付くにつれ、より一層鮮明になる。全ての事象が

▲ 1983年3月から5月、アメリカの劇作家、アーサー・ミラーが北京人民芸術院で彼の代表作『セールスマンの死』を監督上演した。

99 …… 6 文学の帰来

明らかにしているように復興の文学は、前世紀末に梁啓超の概括した時代特性を顕示しており、それは乃ち「過渡期の時代」である。文学は八方から風の吹く喧噪と動揺に覆われた景観の中で、文学秩序の生成に期待し、新しい多元傾向の中で、更なる総合性の出現に期待した。

新詩潮の決起

復帰した文学の最初の実績は、新詩潮の若い詩人群の功績であった。彼らは皆、「文化大革命」中に育った世代で「下放」知識青年であり、困惑から覚醒への心理的歴程を経て、精神的には、既成の価値尺度を深く揺さぶられ、究極的信仰および文学観念に強烈な反逆意識を生んだ。彼らの詩作は、よって鮮明な懐疑主義と政治的反省の意向を帯びている。詩歌芸術において彼らは新しい詩歌美学の開祖である。民族と歴史的命運の反思という主題と新しい詩歌美形式の独特な探求とを互いに結合させることが、新詩潮詩人に共通する芸術的追求である。

▲ 1979年9月9日『今天』編集部は北京紫竹院公園で「読者・作者・編集者懇談会」を主催した。

▲ 新思潮の主要な陣地『今天』雑誌。

このような追求は新しい探索の時期にあった文学に対して広範な影響を及ぼし、詩歌の後に続く発展の道に、典範としての意義を持った。

1978年『今天』刊行物の誕生は、新詩潮の開始を告げた。『今天』の周囲には新詩潮最初の重要な詩人たちが集まり、その代表者として北島、顧城、舒婷、楊煉、多多がいる。北島*(1949-)は本名を趙振開と言い、『今

---

* 北島:(1949-) 本名趙振開。祖籍は浙江。北京に生まれる。北京四中在学中に紅衛兵として下放。1978年『今天』を創刊。「朦朧詩」派のモダニズム詩人を代表する存在。著書に『北島詩選』がある。

天』を代表するその創始者である。彼は過ぎ去った時代に対する強烈な否定の傾向を詩壇に持ち込んだ。彼の『回答』は、不条理な時代に対する経典的な概括である。「卑劣は卑劣な者どもの通行証／高尚は高尚な者たちの墓碑銘」また『一切』はこの世界の理不尽さを確心し、この世界に対するあきらめを表現する。「一切が運命／一切が煙／一切が終わりのない始まり／一切がつかのまの追跡」北島の典型的心態は『走向冬天』に見える。

　　冬に向かって歩こう
　　わたしたちが生まれたのは
　　神聖な予言のためではない、さあ行こう
　　猫背の老人のような低いアーチ型の門を過ぎる
　　そこに鍵を残して
　　鬼影揺らめく大殿堂を過ぎる
　　そこに悪夢を残して
　　冬に向かって歩こう
　　　　　　　　——『走向冬天』

　『冬天』は、帰宿が決して新しい目的論や究極的関心を生成するものでなく、詩人が強調しているのはただ「歩こう」という過渡性である。ここには実存主義の影が隠されており、魯迅の「過客」精神の歴史的継承である。

▲ 北島、本名趙振開、新思潮の代表的詩人。著作に詩集『北島詩集』『太陽城札記』『北島、顧城詩選』及び小説集『帰来的陌生人』等。

　北島が追求したのは、「作品を通じて、自己の世界を建立すること、それは真誠で独特な世界であり、あるがままの世界であり、正義と人性の世界である。」自述のこのくだりには新理想主義の精神が見え隠れする。このような理想主義は北島に代表される世代の、民族の前途と人類の未来に対する大きな憂患意識を体現しており、民族文化の断絶と分裂、究極的価値が破綻した歴史的背景下で人生の意義を再び探求し、新しく人生哲学を打ち建てようとする切迫した使命感が、この世代の詩人たちの自我意識の覚醒を示している。人生の目的に対する思索と探求はついに、この世代全体の精神的特徴となった。

北島の時代は詩歌が形式の危機に直面した時代に当たる。数十年堆積した政治抒情の詩歌表現手段が新詩潮詩人の拒絶に遭遇する。北島の詩の中では、更に隠喩、象徴、知覚の連鎖、視角と透視関係の改編、時空秩序の打破などの手法がより多く運用され、あわせて映画のモンタージュなどの技巧を詩に取り入れ、イメージの衝突と素早い転換をもたらし、大胆な飛躍に残された空白は人々の想像力によって埋め合わされる。彼はまた詩歌の受容力、潜在意識と瞬間的感受の補足に着目した。これらの詩歌の技巧は、象徴主義、意象派およびシュールリアリズム詩歌の中に潜在する芸術的淵源を求めることができる。このことが北島の詩歌を新詩潮詩人群の中で最も斬新な精神、芸術的震撼力に富むものとしている。

▲『北島詩選』面扉。

文学の根を求めて

　復帰した文学が最初に社会的センセーションを巻き起こしたのは小説の領域であった。劉心武の『班主任』盧新華の『傷痕』がいわゆる「傷痕小説」の出現を示した。間もなく蔣子龍の『喬廠長上任記』が「改革小説」の端緒を開いた。しかし小説が次第に成熟するのは八十年代初めのことになる。王蒙の『雑色』張賢亮の『緑化樹』劉心武の『如意』、古華の『芙蓉鎮』、高暁声の『李順大造屋』など、小説家の思索は、社会歴史の深層と人の心理と運命の開拓を顕示している。この外、張潔、諶容、鄧友梅、陸文夫、何士光、馮驥才、路遥、賈平凹、梁暁声等も、この時期注目を集めた小説家である。

▲ 汪曾祺、江蘇省高郵人。著作に小説集『邂逅集』『汪曾祺短編小説選』『晩飯花集』散文集『蒲橋集』等。

汪曾祺*(1920-)は特定の流派に分類し難い独特な小説家である。彼の青年期の創作は四十年代半ばから後期に集中している。当時、彼は沈従文に師事していた。同時にまたヴァージニア・ウルフの影響を受けており、意識的に小説意識流の手法を試み、小説と詩化、散文化の結合を追求した。1948年小説集『邂逅集』の出版を見た。七十年代から八十年代初めも汪曾祺の小説創作のまた最盛期である。「平淡な中に奇抜さが、伝統の中に外来文化が融合している。」のが、彼の時期の小説芸術の意識的追求である。彼が描く境地は、既にイメージ性の詩化の特徴を有し、また中国水墨画の技法である「計白当黒」という空白の芸術を重んじ、彼の心が赴くところの「行雲流水」の如き境地に達している。

　　青い浮草、紫の浮草。足長の蚊、水蜘蛛。野菱の四つの花弁が開いた、小さな白い花。突然一羽の青鷺が飛び立ち、葦の穂を撫で、プルルと遠くへ飛び去って行った。
　　　　　　　　　　　　　　　　　　　　　　　——『受戒』

　彼の『受戒』と『大淖紀事』(1981)などは追憶の心境に浸った小説の中で、八十年代中期に一世を風靡した文学「尋根」運動を触発する深刻な文化心理的動機を内にはらんでいた。
　八十年代中期には伝統文化に対する全面的反思の熱潮の進展が見られた。この様な潮流はとりわけ全学術界及び文学芸術の領域に及んだ。哲学界は伝統文化の特質と価値に対する討論を開始し、美術界は辺境地区の民俗と文化の郷土記録（ドキュメンタリー）に力を入れ、映画界には西北辺境ものが出現した。文学の主潮は「尋根」を以て標識とした。それは二十世紀の中国歴史の現状が既に伝統文化との間に生じた深い亀裂を総括的に評価することからはじまる。韓少功の追求は代表的である「絢爛たる楚文化はどこへ行ってしまったのだろう？」「あれほど壮大で深広な楚文化の源流は、いつどこで中断され枯渇したのだろうか？」(『文学の「根」』)

---

　* 汪曾祺：作家。(1920-1997)江蘇省高郵県の人。西南連合大学中文系を卒業。40年代から創作を始める。市井風俗小説の代表的作家。80年代前半に現れた「文化小説」という現象に位置付けられる。受賞作品に短編小説集『大淖紀事』北京文学賞『受戒』散文『天山行色』など。

尋根文学の創作主体は「上山下郷」運動の中に成長した知識青年作家であった。彼らの尋根の道は既に不遇の生活経歴の後における人生帰依の探索であると同時に、文学自身の帰属の新たな探求でもあった。彼らはおおかたその視線を各自の青春歴程に向け、小説中には鮮明な地域文化の特徴を帯びていた。張承志は全霊をあげて『北方的河』を描き、李杭育は葛川河畔で呉越文化の精神を探索し、韓少功は絢爛たる楚文化を探し求め、史鉄生は黄土高原の「我が遥かなる清平湾」を追憶し、莫言は則ち「高密県東北郷の黒土に」その根を張る。このような地域文化の新しい発掘は、「一種の浅薄な古きを懐かしむ情緒や、地方観念から出ているのではなく」「民族に対する新しい認識、審美意識の中に潜在する歴史意識の蘇生であり、人の世の無限で永遠であることの追求を、対象化した表現である。」(韓少功)このことが尋根文学に地域背景と郷土民俗の文化反思において超越した審美的意向を賦与したのである。

　尋根文学の具体的な創作実績として、韓少功＊『爸爸爸』鄭義の『老井』阿城の『孩子王』王安憶＊の『小鮑荘』及び張承志＊＊の『黒駿馬』史鉄生の

▲ 文壇の尋根文学運動に呼応して中国美術界にも郷土回帰のブームが起きた。1979年に羅中立創作の油絵「父親」。中国美術館蔵。

＊　韓少功:(1953-)本籍湖南。湖南師範大学中文系卒業。1985年湖南省作家協会に入り専業作家となる。現在作家協会理事。代表作に『飛過藍天』『誘惑』『空城』
＊＊　王安憶:(1954-)南京出身。福建同安の人。1972年江蘇徐州地区文工団に入り、創作活動を始める。1978年上海で『児童時代』の編集に当たり、『誰是未来的中隊長』『流逝』『命運』などを発表。1983年渡米。帰国後『小鮑荘』『大劉庄』で民族、伝統文化を探求して注目され、『小城之恋』等の性愛文学でも一世を風靡した。
＊＊＊　張承志:(1948-)北京に生まれる。原籍山東済南、回族。北京大学歴史系卒業。中国社会科学院歴史語言系歴史学修士。第四届中国作家協会理事。代表作として『歌手為歌唱母親』『黒駿馬』『北方的河』。

『我が遥かなる清平湾』等の小説がある。韓少功の『爸爸爸』はその中で、最も代表的なテキストである。小説は限りなく一つの寓言に近いものである。湘西鶏頭塞という一つの時間を超越した虚構の情況の昇華を通じて、種族の集体的無意識を映写しようと試みている。王安憶の『小鮑荘』は疑似神話的叙事構造を採用しており、人と洪水の隠喩でその象徴模式を打ち建て、これによって小説家は民族心理構造の深層に堆積するものに対する探索を実現している。二編の小説中の丙崽と撈渣の形象は全て符合化された原型象徴の意味を備えている。それは種族の古い集体記憶の残留であり民族文化の性格の縮影でもある。

　具体的な「根」に触れると、尋根文学はかなり複雑な審美意識と背反に近い文化心態を表現している。張承志（1948-）の『黒駿馬』の主人公、バイン・ボーリグは、彼が育まれた草原を深く懐かしむ、しかし現代文明に接した一知識人として、彼は草原文化の殆ど原始社会さながらの生殖崇拝を許容できない。李杭育＊（1957-）の『最後の漁師』では「最後の」というイメージの中に、現代文明の衝撃の下で、伝統的な生き方が消えて行く歴史的運命にあると

▲ 80年代中期「知識青年」を主体とする「第五世代監督」が中国映画界の表舞台に現れた。図は「第五世代監督」を代表する陳凱歌が阿城の小説を映画化した『孩子王』の一場面。

◀ 張承志、回族作家、代表作に『北方的河』『黒駿馬』『金牧場』『心霊史』等。小説集『北方的河』表紙。

＊　李杭育：(1957-) 杭州で生まれる。山東乳山の人。杭州大学中文系在学中に小説を書き始める。中学教師、新聞記者の傍ら富春江、銭塘江を背景とした『葛川江系列小説』などを発表。1983年中国作家協会、杭州市文聯に加入。代表作に『最後一個漁佬儿』『沙灶遺風』などがある。

いうことに対する、一種の感傷と喪失の情緒を微かに滲ませており、中国二十世紀の農業文明と工業文明の交替消長という歴史的軌跡の、八十年代の開放を背景としたその深刻な反映と言うことができる。

　長編小説の領域では、張煒*の『古船』及び張承志の『金牧場』がこの時期の主な収穫である。張煒は「窪狸鎮」に対して四十年にわたる悲惨な歴史を明示する中で、華夏民族に対する幾千年の歴史と現実に対する超越した思考を凝縮している。張承志は草原世界と現代世界の二つの文明時空を直接交錯させ、共時的に再現している。この二つの小説は、尋根意識の延続と深化と見ることができ、広大な「史詩」の風格が彼らの意識した小説芸術の追求であった。

▲ 地域文化に対する探求は尋根文学の大きな主題となった。そこには作家の歴史意識、この世に対する無限感、永遠感の追求と理解が潜んでいた。組画「雪域・秘境・天界の三」李秀　李繞光作

　そうだ。生命とは希望である。私が崇拝するのはただ生命のみである。真正かつ高尚な生命はひとつの秘密である。それは漂泊して定まらず、自由自在で、それは人類の中に共有の血脈を持ち、失敗に甘んぜず、死の危険を顧みず、自己の金牧場を追尋してゆくのである。

　　　　　　　　　　　　　　　——張承志：『金牧場』

話劇の芸術実験

　八十年代初め、高行健*(1940-)の話劇『絶対信号』、『車站』、『野人』が北

---

*　張煒：(1956-)山東栖霞の人。中共党員。1980年煙台師範中文系卒業。現在山東省作家協会副主席。山東省師範大学煙台師範学院中文系教授。代表作に『九月寓言』『古船』『生命的呼吸』など。

＊　高行健：(1940-)江蘇泰州の人。北京外国語学院仏語系卒。当時から創作を始める。下放され、中学教師となり、1974年に北京にもどり通訳、及び作家協会の仕事に就く。通訳として巴金に付き添い渡仏。その後『現代小説技巧初探』で小説の観念と技法の革新をとなえ、『絶対信号』が北京人民芸術劇院で上演されて、実験戯劇の先駆けとなった。代表作『車站』『独白』『野人』など。ノーベル賞受賞。

▲ 1985年5月5日北京人民芸術劇院で公演された現代劇『野人』の一場面。（脚本：高行健　監督：林兆華）

▲ 現代劇『魔方』公演時期のリーフ

京人民芸術院の舞台上で連続して封切られ、中国の伝統的話劇観念と審美方式に対して、大きな芸術的衝撃をもたらした。数十年来、スタニスラフスキーの戯劇観念が主導的地位を占めていたが、それもまた多元的芸術傾向に取って代わられた。「三一致」の限定された空間は打破され、「第四の壁」はつき崩され、劇場芸術が再度広場芸術に敷衍化されるという趨勢が出てきた。話劇においては、プロットの衝突や人物性格の塑造は弱化し、更に情緒的雰囲気や、理性的理念の建造などが重視され、伝統的な写実化されたリアルな環境や、場面はもはや存在せず、舞台の上では情趣的で、虚構化された舞台造形が展開される。これら新しい実験の全てが話劇の舞台に芸術的時空を開拓し、一層伸縮自在の舞台表現力を獲得している。これは新詩潮に続いて文学全体が新しい表現手段を探索し始めた1つの前逃であり、ついにはある種の先見性を具える。

▲ 1979年3月北京人民芸術劇院で上演された現代劇『茶館』の一場面(脚本：老舎　監督：馬菊隠、夏淳。于是之が王利発に、藍天野が秦仲義に、鄭榕が常四爺に扮する。

『野人』等の劇と同時に、北京、上海では芸術家たちがまた『魔方』『W.M（我們）』、『紅房間白房間黒房間』、『一個死者対一個生者的訪問』等の劇を創

作し、ともに戯劇の情緒化と理念化を追求していた。高行健を含む、話劇創作において、芸術の突破と欠落感は同時に存在し、この様な芸術実験は中国話劇の新しい発展方向に向けてパノラマ的思索を孕んでいた。

中国現代話劇史には、層の厚い伝統的リアリズム戯劇が変革の中で獲得した新しい発展が内在していた。『拘児爺涅槃』と『天下第一楼』は北京人民芸術劇院のレパートリーとなり不滅の芸術的生命力を顕示している。

前衛小説の勃興

小説創作の領域における新しい技巧的試みは、王蒙＊(1934-)『春之声』『風箏飄帯』と『蝴蝶』の意識の流れの手法の運用に溯る。王蒙の小説は、実験的な技巧の側面では、まだ完全には主題の趨勢と融合一体化していない。彼の文化反思の意向は時代を越えて作家の更に深い歴史感に浸透し、彼の小説技巧における実験は、その後前衛小説芸術追求の先駆けとなった。

ひとつの思想的特徴を具えた総体的追求としての前衛小説は、その先駆者として馬原 (1953-) を挙げることができる。1984年彼が発表した『拉薩河女神』は、尋根に似た題材を扱っている、しかし本当に重要なのは小説における題材の取り扱

◀ 80代中後期、大型文学雑誌『収穫』は日毎に前衛小説を掲載する大本営となっていった。

＊ 王蒙：(1934-) 作家。北京沙灘に生まれる。早くから共産党地下活動に参加。新中国成立後は新民主主義青年団 (のち共青団) の活動に従事。『青春万歳』『組織部来了個年軽人』などを発表するが、後者が波紋を呼び、右派分子として批判される。ウルムチ自治区文連で働き、79年北京に復帰してから『春之声』『海的夢』『蝴蝶』など、ジョイス「意識の流れ」の手法によるとされる一連の作品を発表。

▲ アバンギャルド美術の作品『行』呂勝中作

い方である。第三者的な客観的語り、つまりテクストとしての語りの主体と中心の確立、および想像の産物としての小説の仮想性、虚構性など、全てがかつて先例のない自覚的な叙事意識を示している。このような自覚的な叙事意識は後の『ガンディスの誘惑』『虚構』『錯誤』の中で極端な発展を見、作者は語りの戦略を弄ぶことに固執し、ひたすら叙事の迷宮を編むと同時に、不断に自我を消解させ、彼の小説は叙事と虚構についての小説作法の標本から次第に脱皮する。彼の短編小説の多くは、叙事意識が物語りの内蔵する特徴を凌駕し、ひとつの純粋な虚構の王国を築くという意図が見える。これは馬原の小説観念にも及び、彼は着実に真実を復元することが可能などと信じていない、と語っている。「私は第三者のように、私が作り上げた、いわゆる真実とは遠く掛け離れた幻想の物語りをむしろ信じる。」

　このような叙事の自覚意識は、1987年前後に勃興した前衛作家たちに普遍的な小説芸術に対する共通認識である。前衛小説の創作は群体性の芸術実践となった。それは「叙事」を小説の表現形式の中心的地位にあるものとして標榜し、か

つてないほど広範に重視するものであった。格非*の『青黄』、孫甘露**の『信徒之函』洪峰***の『極地之側』、余華****の『世事如煙』および蘇童*****の『一九三四年的逃亡』などの小説中、叙事そのものは、小説の在り方の主導的方式となった。叙事の美的完成度を以て小説芸術の自足目的となし、それは小説創作に重心の転移をもたらした。小説の趣旨は主題意図の重視から叙事過程の操作性の強調に転化した小説の言語は、意味を載せる手段から自身に備わった審美機能の自足の実体へと変わった。小説世界は生活の真実に対する再現敷衍化からテキストレベルにおける虚構と想像の賜物へと変わった。これら一連の転向は、前衛小説が文学本体に回帰するという理想を体現したものであった。叙事の方式、言語の操作、テキストの形式は、小説の真正な審美対象を構成した。

　前衛小説は、小説言語そのものが具える芸術美観の発掘に際立った成果を上げた。このような発掘は、単純に言語のレトリカルな効果に留まるものでなく、作者たちが注目したのは、小説言語の叙事生成の機能であり、またこのプロセスにおいてプロセス自身の審美自足性を引き伸ばすことである。

　いつ始まったかわからないけれど、私にはわざと言葉を曖昧に叙述する傾向がある。私が長い間生活しているこの都市も、ますます見知らぬものに感じられる。そのぐるぐる曲折する大通りは、冷酷さと人を恐れさせる迷宮の風格を具えている。その雨の夜の心持ち、晴れた日の風景が次々と私の入り乱れた夢想に押し寄せてくる。同時代人たちが慌ただしく奔走する中で、私は

---

* 格非：(1964-) 本名劉勇。江蘇省丹徒の人。1985年華東師範大学卒業、母校に残り、現在助教授。1986年より作品を発表。『欲望的旗幟』『褐色鳥群』『迷船』など。
* 孫甘露：(1959-) 山東栄成の人。上海市作家協会専業作家。中国作家協会会員。『訪問夢境』が1987年『上海文学』優秀作品賞。『信徒之函』上海第三届青年文学賞中編小説賞。等
** 洪峰：代表作に『奔喪』『翰海』『極地之側』。現代派、形式主義小説、また西方モダニズムを包括し、超越した位置にあると評価されている。
** 余華：(1960-) 山東省高唐の人。1991年北京師範大学中文系修士課程修了。1997年中国作家協会。長編小説『活着』『許三観売血記』『在細雨中呼喊』など。
** 蘇童：(1963-) 江蘇省蘇州の人。1984年北京師範大学中文系卒業。1983年創作を開始。1990年中国作家協会に加入。『蘇童文集』(7巻) 小説『第八個是銅像』小説集『1934年的逃亡』『傷心的舞踏』『妻妾成群』等。

既に一人の夢を貪る者から、夢見る人へと進化する。
——孫甘露:『請女人猜謎』

▲ 前衛小説創作の実践に伴い西欧モダニズム文学の翻訳紹介ブームが起きた。図は90年代大陸で出版された欧米モダニズム小説の中国語訳。

いわゆる「言葉を曖昧にする叙述」とは、曖昧さがまさに具体的な表意である。小説言語とフレーズ自体は、意味伝達の仲介ポイントから生成して、現在小説美学の前景の中に突出している。

イデオロギーの側面から言えば、前衛小説家が採用したのは

▲ 80年代後期、少なからぬ前衛小説がスクリーンに登場した。このような「感電」現象は小説創作が商品経済の潮流と衝撃のもとで、商品化、市場化へと進む一つの転換でもあった。蘇童の小説『妻妾成群』を改編した映画『大紅燈籠高高挂』の一場面。

理性的正史に対するディコンストラクションの姿であり、或る非イデオロギー化されたプリミティヴな自然歴史的境遇への還元を意図している。心理的側面で、探索しているのは人の感性世界の生存本体と人の生存本能の暴力と欲望、深みを喪失した、模式の平面化という特徴を呈している。自覚するとしないとに関わらず、このことは前衛小説を、西方の「ポストモダニズム」の文化思潮に接近させている。九十年代に入ると、前衛小説は、商品経済の波による大きな衝撃に直面して、小説創作は日増しに、文学生産と消費の計画化から、全面市場化へと変容し、「創作」もまた次第に小説家が身を落ち着けることのできる職業となった。この様な商品化と市場化の傾向は、小説家に副業執筆の自由を与えた。しかし、前衛文学と世俗的傾向が合流するに連れて、前衛小説は次第に大衆の主流イデオロギーの軌道に滑り込んでゆき、その「媚俗」性が本来の前衛性をひそかに瓦解させた。

　八十年代以来の台湾文学は一種の複雑な景観を呈した。一方で王文興、陳映真が郷土意識の創作における沿承を唱導し、もう一方で黄凡*、呉錦発*、李昂**、王幼華**を代表とする若い世代の作家が更に大胆に西方モダニズムの文学技巧を吸収し、同時に創新意識を、政治傾向と生命体験に融合させ、更に難解な前衛的特徴を具えた。この一時期の台湾文学と大陸文学は期せずして互いに一致する歴史的方向性を示した。商品文化の衝撃と西方モダニズム、ポストモダニズムの影響は、大陸、台湾両文学の、大胆なまでに相似的な文化背景を構成している。

---

* 黄凡：(1950-)本名は黄孝忠。台湾台北の人。台湾中原理工学院卒業後、70年代に小説創作を開始する。広い視野、マクロ的な角度から生活の変遷を追う長編小説に特色がある。小説『反対者』は白先勇に高い評価を受ける。
* 呉錦発：(1954-)台湾の作家。高雄生まれ。中興大学在学中から小説を書き始める。短篇集に『放鷹』『静黙的河川』『燕鳴的街道』がある。台湾土着の題材を時に映画的、現代派的手法で描く。
** 李昂：作家（1952-)本名は施淑端。台湾彰化県鹿港に生まれる。少女作家としてデビューし、台北の文化大学卒業後、オレゴン州立大学演劇科で修士号、帰国後母校で教鞭を取る。代表作に『殺夫』『鹿城物語』。
** 王幼華：(1956-)苗栗県出身。中興大学中文研究所卒業。台湾の80年代文学を代表する作家の一人。社会心理の分析、旅行文学、故郷苗栗県の歴史文化など、芸術の新形式を模索している。

ポスト新詩潮の詩人

　八十年代中期の大陸詩壇にはまたひとつ詩歌の波が巻き起こった。この新しい詩歌界の波潮は、様々な名称を与えられているが、その中で「ポスト新詩潮」が、割に広く許容される中庸な命名である。それは既に、この詩潮の「新詩潮」を継承しながらも超越していることを反映し、同時に進行している複雑で概括できない詩歌傾向に対して包括した形になっている。

◀『一無所有』が世に出ると、大陸流行歌壇にはしばらく「崔健ブーム」が巻き起こった。図はロック歌手崔健がヒット曲『一塊紅布』を熱唱しているところ。

　北島時代の新詩潮に対する、ポスト新詩潮の反駁は、おおかた詩歌の中の反文化と反崇高のふたつの方面を体現し、ある種の極端な傾向を表現している。詩人たちの歴史に対する憂患意識は薄らぎ、英雄主義の色彩も民主主義と風刺的意味に取って代わられ、アメリカ五六十年代の「ロストジェネレーション」の不遜な反社会的傾向も詩句の中に自然に現れている。これは開放社会における文化心理の急激な変革が詩歌に及ぼした影響である。同時にまた西方モダニズムとポストモダニズム思潮の熱烈な反響でもある。また詩歌芸術の変遷する内部規律に着目すると、このような極端に反駁的な態度は則ち、新しい世代の詩人たちが自身の歴史確認と価値実現に性急であったことの心理的反映である。反文化と反崇高の傾向は単に彼らの一種「急先鋒」式の戦略であるばかりでなく、その背後には詩人たちの詩歌の多元化という芸術空間の追求があった。「中国詩壇1986年現代詩群体大展」はこのような多元化した趣向を反映し、「大展に参加」した流派はついに600もの数に達した。それは中国の詩歌芸術の将来の方向性に多様な発展の可能性をもたらしたのみならず、ポスト新詩潮の実験的性質を充分に表している。世紀末に入っての中国詩歌はこのような意味から言えば、経典から遠く離れると同時に経典に呼びかける時代に入ったのである。

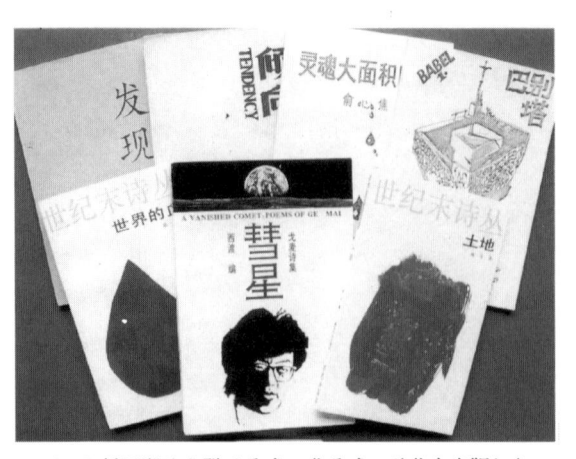

ポスト新詩潮で注目すべき幾つかの傾向には、陳東東らの「海上詩群」の「都市詩」の作品、石光華らの「整体主義」周倫佑らの「非非主義」万夏らの「莽漢主義」および駱一禾と海子の「史詩」追求がある。彼らの芸術主張はそれぞれ独特であり、

▲ ポスト新思潮詩人群は公式、非公式に詩集を出版した。

相互に補完性があり、全体に多彩で雑駁な詩歌のパノラマを呈示している。彼らはすでに都市心理の感受性を掘り起こし、太古の神話伝説からも素材を漁り、人類に対する文化の束縛から抜け切ろうとし、また民族文化と伝統の新しい探索に力を尽くし、純粋な口語創作を主張するだけでなく、典雅な古典語の復活も追求した。統一的な詩歌芸術規範はもはや存在しない。更に明晰な歴史的位置付けをするには更に長い期間の審美的距離の検討が待たれる。

ほとんど統計不能な厖大な詩人の群れの中で、欧陽江河*(1956-)は新古典主義の風格を追求した詩人である。彼は自覚的に新しい理想主義の情緒を、典雅で純粋な詩の行間に溶解させた。ヴァレリーの「純詩」理論の影響を受けて、彼は詞語とイメージの連想関係の引き起こす効果および語言支配による全体の感覚領域の探索に尽力した。彼は現代漢語が自身の詩学と美感原則を確立するよう自ら試み、詩歌を一切の実用主義の機能から脱却させ、自身の芸術本体に立ち戻らせようと考えた。

　私の生命の中のある日は永遠に雪が降っている、永遠に世界に訴える術もないひとつの忘却がある、そこでは、陽光はすっかり寒さを感じる、ああ、初

---

* 欧陽江河:(1956-)四川生まれ。高校卒業後下放。のち軍役。86年転業。四川省社会科学院文学研究所勤務。

雪、忘却、ほとんど漠然として知るすべもない美、なぜ初雪は遅々として落ちるとも見えず舞い続けるのか？雪が降る前には何もかも純白でなかった。
　　　　　　　　　　　　　　　　　　　　——『最後の幻想』

　欧陽江河と風格が似ているものに万夏がある。西川＊(1963-)は詩歌の「宗教のような浄化力」を追求し「世間に奇跡が起きることを堅く信じる」彼は「聖餐を授かった子」と自称した。彼の詩は「殆ど「天啓」のような神聖な暗示を表現し、人と自然との間の同一性を探求し、永遠の精神への憧れを現代人に伝えている。

天と大海の高きところを望めば、
一つの世紀に向かい、沈んでゆく太陽、
私の小さな発明で、この葦笛を吹き
開花の楽曲を吹奏してみよう
　　　　　　　　　　　　　　　　　　　　——『第一の頌歌』

　海子＊(1964-1989)は、短い詩歌の生涯に「全力で文学と生命の極限に突き当たった」詩人である。彼は二百万字に近い作品を残した。長詩『但是水、水』『土地』と『太陽』はその中の代表的詩作である。彼の早期の抒情短詩は、土の質朴で神秘的な息吹、生命の原生状態に対する憧憬を湛えていた。「疑いと飛翔を好むのは鳥、全てを水に浸すのは海水／あなたの主人は青草、自分のか細い腰に在って、野花の掌にある秘密を守っている。」(『亜州銅』)彼の後期の詩作は「史詩」に転向している。「私の詩歌の理想は、中国に偉大な集体の詩ができることである」「民族と人類の結合、詩と心理が合致した大詩」

＊　西川:(1963-) 本名は劉軍。江蘇省徐州の人。北京大学英文系を卒業後、新華通信社国際部を経て、中央美術学院に勤務。詩集に『隠秘的会合』『虚構的家譜』『西川詩読』『大意如此』などがある。
＊＊　海子:詩人。(1964-1989)本名は査海生。安寧省懐寧県の人。北京大学法学科卒。卒業後中国政法大学哲学教研室勤務。82年詩作をはじめる。詩集に『土地』『海子、駱一　禾作品集』『海子的詩』『海子詩全編』など。

夜の闇は大地の上に昇る
光明の天空を遮る
豊作の後荒れ果てた土地
夜の闇はあなたの内より昇る

　海子は「主体の欠如した時代」にあって、努めて同時代の精神史の構築を試み、「史詩」の言語形式で広い秩序の内に同時代の歴史過程の輪郭を描き出し、世紀末における文明の再建と、価値体系の執拗な追求を体現している。

　一人の詩人として、人類の秘密を愛さなければならない。神聖な黒夜の中、大地を遍く歩く、人類の苦痛と幸福を熱愛し、忍ぶべきを忍び、歌うべきを歌う。

　　　　　　　――海子：『私の熱愛する詩人――ヘルダーリン』

▲ 一枚一枚を識別することすらできない「天書」は、暗に漢民族文化の歴史と現状が、価値判断、未来選択の矛盾と苦境の中にあることを意味している。図は1989年2月北京中国美術館が主催した大規模な現代芸術展に出品された徐冰の創作による「祈世鑑」。

― 書名・作品名索引 ―

原則として単行本および作品集をすべて採録した。複数ページにわたる場合は、もっとも主要な解説があるページのみに限った。

【あ】
秋　　　　　　　　　　　60
阿Q正伝　　　　　　　　32
圧迫　　　　　　　　　　25
アジアの孤児　　　　　　87

【い】
家　　　　　　　　　　　60
囲城　　　　　　　　　　68
一個死者対一個生者的訪問　107
一個多情的水手与一個多情的婦人
　　　　　　　　　　　　47
一千八百擔　　　　　　　40
一匹の蜂　　　　　　　　25
倚天屠龍記　　　　　　　93

【う】
乳母　　　　　　　　　　86
雲海玉弓縁　　　　　　　95

【お】
鴨窠的夜　　　　　　　　47
王貴与李香香　　　　　　75
音塵集　　　　　　　　　50

【か】
邂逅集　　　　　　　　　103
孩子王　　　　　　　　　104
海浜敵人　　　　　　　　20
果園城記　　　　　　　　59
稲草人　　　　　　　　　21

華蓋集　　　　　　　　　31
荷花淀　　　　　　　　　75
獲虎の夜　　　　　　　　25
荷塘月色　　　　　　　　29
葛天民　　　　　　　　　59
画夢録　　　　　　　　　72
科爾沁旗草原　　　　　　56
甘蔗林　　　　　　　　　81
漢文学史要綱　　　　　　31
寒夜　　　　　　　　　　61
ガンディスの誘惑　　　　109

【き】
偽自由書　　　　　　　　31
期待　　　　　　　　　　59
喬廠長上任記　　　　　　102
狂人日記　　　　　　　　31
極地之側　　　　　　　　110
虚構　　　　　　　　　　109
魚目集　　　　　　　　　50
金鎖記　　　　　　　　　67
金牧場　　　　　　　　　106

【く】
薬　　　　　　　　　　　32

【け】
憩園　　　　　　　　　　62
傾城の恋　　　　　　　　67
激流三部作　　　　　　　60
月下小景　　　　　　　　48

117 ……書者・作品名索引

孽子	90
原郷人	87
原野	52

【こ】

後花園	58
紅岩	82
江湖奇侠伝	91
紅色娘子軍	96
紅日	82
拘児爺涅槃	108
紅燈記	96
紅房間白房間黒房間	107
黒駿馬	104
黒牡丹	41
伍子胥	65
故事新編	31
湖上の悲劇	25
古船	106
蝴蝶	108
孤独者	32
呼蘭河伝	58

【さ】

最後の漁師	105
請女人猜謎	111
沙家浜	96
錯誤	109
雑色	102
三三	47
山水	65
山中雑記	29

【し】

シカゴの死	90
資産家の子女たち	55,62
示衆	32
四世同堂	43,62
七個野人与最後一個迎春節	48
子夜	37
車站	106
射雕英雄伝	92
上海の空の下	53
上海フォックストロット	41
十四行集	65
受戒	103
祝福	32
酒後	25
酒楼	32
春蚕	39
瞬息京華	62
春風沈酔的晩	26
春陽	41
笑傲江湖	92
傷痕	102
小二黒結婚	73
蕭蕭	47
小城三月	58
傷逝	19
小鮑荘	104
蝕	38
蜀山剣侠伝	92
女神	23
新児女英雄伝	75
神雕情侶	92
信徒之函	110

【す】

水雲	48
数行集	50

【せ】

青黄	110
生死場	58

青春之歌	82
世事如煙	110
赤旗譜	82
絶対信号	106
絶代双驕	94
一九三四年的逃亡	110

【そ】
創業史	82
且界亭雑文	31
莎菲女士的日記	39
楚留香伝奇	94

【た】
大江	56
大地の海	56
大淖紀事	103
台北人	90
謫仙記	90
多情剣客無情剣	94
探検隊	70
短褲党	39
断魂槍	43

【ち】
小さな読者へ	21
智取威虎山	96
茶館	43
中国小説史略	31
朝花夕拾	31
長河	47
超人	20
長明燈	32
沈香屑・第一炉香	68
沈淪	26

【て】
啼笑姻縁	91
天演論	12
天下第一楼	108
伝家宝	73
伝奇	66
天山牧歌	81
天龍八部	92

【と】
吶喊	31

【な】
南帰	25

【に】
二心集	31
虹	38
如意	102

【ね】
熱風	31

【は】
梅雨之夕	41
墳	31
白金的女体塑像	41
白毛女	75
橋	28
旗	70
爸爸爸	104
春	60
春之声	108
樊家舗子	40
班主任	102
繁星	20

【ひ】
人の歴史	31
媚金・豹子与那羊	48
日出	51

【ふ】
法西斯細菌	53
風箏飄帯	108
芙蓉鎮	102
吻	59
文学改良芻議	27

【へ】
萍從俠影	95
北京人	52
辺城	47

【ほ】
彷徨	31
包氏父子	39
望舒草	49
豊収	39
放声歌唱	81
芳草天涯	53
北方的河	104
北方にて	57

【ま】
又見棕櫚、又見棕櫚	89
魔方	107

【み】
水	40

【も】
孟祥英翻身	74

【や】
野人	106
野草	31
夜総会裏的五個人	41

【よ】
預言	72

【ら】
駱駝祥子	43
拉薩河女神	108

【り】
陸小鳳	94
離婚	43
李自成	82
李順大造屋	102
笠山農場	87
劉志丹	85
龍朱	48
両個時間的不感證者	41
李有才板話	73
緑化樹	102
旅行	20
林海雪原	82
林家舗子	39
林区三唱	81

【ろ】
老子号	43
老井	104
鹿鼎記	91

【わ】
我が遥かなる清平湾	104
ワシントンビル	88
W．M	10

― 著者索引 ―

【あ】
阿城　　　　　104

【い】
郁達夫　　　　26

【え】
亦舒　　　　　95
袁静　　　　　75

【お】
王安憶　　　　104
王国維　　　　14
汪曾祺　　　　103
王度廬　　　　92
王文興　　　　87
王蒙　　　　　102,108
王幼華　　　　112
欧陽江河　　　114
欧陽子　　　　89
王魯彦　　　　21
於梨華　　　　89

【か】
海子　　　　　114,115
夏衍　　　　　53
何其芳　　　　72
郭小川　　　　81
格非　　　　　110
郭沫若　　　　23
何士光　　　　102
賈平凹　　　　102
還珠楼主　　　92
韓少功　　　　104
艾青　　　　　57

賀敬之　　　　75,81

【き】
紀弦　　　　　88
宮白羽　　　　92
曲波　　　　　82
金庸　　　　　92

【け】
瓊瑶　　　　　95
厳復　　　　　12

【こ】
孔厥　　　　　75
高行健　　　　106
黄遵憲　　　　14
高暁声　　　　102
黄廬隠　　　　20
洪峰　　　　　110
黄凡　　　　　112
古華　　　　　102
顧城　　　　　100
胡適　　　　　16
胡風　　　　　84
古龍　　　　　94
呉強　　　　　82
呉錦発　　　　112
呉組緗　　　　40
呉濁流　　　　87
呉宓　　　　　18

【し】
師陀　　　　　59
施蟄存　　　　40
謝冰心　　　　19

周作人　　　　28
周揚　　　　　79
周倫佑　　　　114
朱自清　　　　28
蕭紅　　　　　57
蒋光慈　　　　39
蒋子龍　　　　102
章太炎　　　　17
鐘理和　　　　87
食指　　　　　97
沈従文　　　　35,45
聶紺弩　　　　85
徐志摩　　　　23
舒婷　　　　　100
諶容　　　　　102

【せ】
西川　　　　　115
石光華　　　　114
銭鐘書　　　　68

【そ】
曹禺　　　　　53f
蘇童　　　　　110
孫甘露　　　　110
孫犁　　　　　74

【た】
台静農　　　　21
戴望舒　　　　49
多多　　　　　96,100
覃子豪　　　　88
端木蕻良　　　56

【ち】						
張愛玲	66	梅光迪	16	余華	110
張煒	106	馬原	108	余光中	88
張潔	102	万夏	114		
張賢亮	102			【ら】	
張恨水	91	【ふ】		頼和	86
趙樹理	73	馮驥才	102	駱一禾	114
張承志	104	馮沅君	20	駱賓基	58
張天翼	39	馮至	63	洛夫	89
陳映真	87	聞一多	23	羅広斌	82
陳敬容	72	聞捷	81		
陳若曦	89			【り】	
陳東東	114	【へ】		李季	75
陳独秀	18	平江不肖生	91	李金髪	23
		卞之琳	50	陸文夫	102
【て】				李昂	112
丁毅	75	【ほ】		李杭育	105
鄭義	104	彭家煌	22	劉心武	102
鄭愁予	88	北島	100	柳青	82
鄭証因	92	茅盾	37	劉吶鴎	40
丁西林	25	穆時英	41	梁羽生	94
鄭敏	72	穆旦	70	梁啓超	13
丁玲	39	穆木天	23	梁暁声	102
田漢	25			梁斌	82
		【も】		林語堂	62
【と】		毛沢東	77	林紓	12
鄧友梅	102				
杜運燮	71	【よ】		【ろ】	
		楊益言	82	老舎	43
【は】		楊逵	86	盧新華	102
廃名	26	葉紫	39	魯迅	19,30f
巴金	60	葉聖陶	21	路遥	102
白先勇	90	楊沫	82	路翎	54
		楊煉	100		

後　記

　本著は中国文学、および現代中国に関心を抱く若い世代の人々のための入門書として企画され、北京大学中文系の銭理群、呉暁東教授による文学史著作、『彩色図版中国文学史』（北京和平出版社）（95 年に既に繁体字版がアメリカ、香港で出されている。）の中から、二十世紀文学の全容に触れた『新世紀的文学』の部分を訳出し、校注を加えたものである。

　原著は文学史著作の決定版として、アメリカ、韓国など中国国外でも翻訳紹介され既にベストセラーになっている。『新世紀的文学』は 80 年代以来、中国近現代文学研究の第一人者として著名な銭理群教授と、象徴主義や新詩研究で知られる呉暁東助教授が執筆に当たり、通俗文学や台湾文学、90 年代の前衛文学も網羅され、近年の中国における学術研究の精粋を窺わせる論述となっている。近代メディアと文学、知識人への深い洞察は、文学という狭い枠組みを超えて、中国に関心を抱く多くの人々に、視点としての「近代」を呈示し得るのではないだろうか。

　翻訳に際しては、各作家の略歴など注釈を付け、訳文も極力平易であることを心掛けた。訳者でもある趙京華氏が、銭理群教授とは在京の研究者として長く親交があることから、今回の日本での出版についても快諾して頂くことができた。銭理群教授に深く感謝したい。またこの企画について多くのご尽力をいただいた白帝社と編集担当の伊佐順子氏に、心から感謝の意を表したい。

（訳　者）

● 著者略歴

銭理群
北京大学中文系教授
主要著書：『心霊的探尋』（上海文芸出版社／1988年）
『周作人伝』（北京十月出版社／1990年）
『周作人論』（上海人民出版社／1991年）
『豊富的苦痛 「堂吉訶徳」与「哈姆雷特」的東移』
『大小舞台之間―曹禺戯劇新論』
『1948 天地玄黄』〈百年中国文学総系：山東教育出版社／1998年〉等。

呉暁東
北京大学中文系助教授
主要著書：『象徴主義与中国現代文学』（20世紀中国文学研究叢書：安徽人民出版社／2000年）
『中国現代文学史』（共編：中国人民大学出版社／2000年）
『中国淪陥区文学大系・詩歌巻』（選編：広西教育出版社／1999年）等。

● 訳者略歴

趙京華
一橋大学大学院社会学研究科博士課程修了
中国社会科学院文学研究所研究員
社会学博士（一橋大学）『周作人と日本文化』
専攻：中国近現代文学および日本近代思想史
訳著：柄谷行人『日本現代文学的起源』（生活・読書・新知三聯書店）2003年
　　　竹内好文集『近代的超克』（北京三聯書店）2003年
論文：「周作人と柳田国男―固有信仰を中心とする民俗学―」（『日本中国学会報47』1995年）
　　　「周作人の日本文化観の形成―大正時代における東洋学の系譜との関わりを中心に―」
　　　『日本中国学会創立五十年記念論文集』汲古書院
　　　「周作人の対日連帯感情」（『一橋論叢』122-2／1999年）他

桑島由美子
筑波大学大学院修士課程修了
一橋大学大学院社会学研究科博士課程修了
愛知大学助教授
専攻：中国近現代文学
訳著：J.バーニングハウゼン『中国近代リアリズム文学の黎明』（角川書店／1993年）
論文：「生活書店と作家―胡風と茅盾の周辺から―」（『現代中国』71／1997年）
　　　「喪失と再生―国民革命期の茅盾と創作―」（『一橋論叢』122-2／1999年）
　　　「周蕾研究初探―中国近現代文学研究と文化研究―」（『東アジア地域研究』2002年）他

葛谷登
一橋大学社会学部卒業
一橋大学大学院社会学研究科博士課程修了
一橋大学講師、現在愛知大学専任教員
専攻：中国社会文化学
編著：『水の中のもの―周作人散文選―』（駿河台出版社／1998年）
翻訳：ジャック・ジェルネ「中国社会に及ぼした儒教的伝統の影響について」（『思想』792号）
　　　ヴァンデルメルシュ「儒教の儀礼主義に基づいた婚姻」（『思想』792号）
論文：「林語堂『開明英文文法』考」（『一橋論叢』122-2／1999年）他

著者
　錢理群
　呉暁東

訳者
　趙京華
　桑島由美子
　葛谷登

新世紀の中国文学 －モダンからポストモダンへ－

2003年7月15日　第1刷発行

著　　者　錢理群・呉暁東
訳　　者　趙京華・桑島由美子・葛谷登
発 行 者　佐　藤　康　夫
発 行 所　白　帝　社
　　　　　〒171-0014　東京都豊島区池袋2-65-1
　　　　　電話 03-3986-3271　FAX 03-3986-3272
　　　　　http://www.hakuteisha.co.jp/

組版 柳葉コーポレーション　　印刷 平河工業社　　製本 若林製本所
Printed in Japan〈検印省略〉6914　　　　　　　ISBN4-89174-589-4